맥궁,
울다

맥궁, 울다

전영학 장편소설

목차

프롤로그

—……

−1298년 (정월) 순마소에 명하여 원에 바칠 양가(良家)의 처녀
를 징발했다.

−1309년 (10월) 원에 동녀(童女)와 고자(鼓子)를 바쳤다.

−1310년 (5월) 원 승상 탈탈이 사자를 보내와서 고자와 동녀
를 요구했다.

−1311년 (3월) 원에 고자를 바쳤다.

−1315년 (2월) 원에 있는 상왕(上王)에게 동녀를 바쳤다.

−1317년 (정월) 원 영왕의 요청으로 동녀를 뽑았다. (3월) …바쳤다.

−1320년 (8월) 원에서 고자와 동녀를 요구했다. (11월) … 원
에 동녀를 바쳤다.

−1321년 (정월) … 원에 동녀를 바쳤다.

−1324년 (7월) 원에서 동녀를 요구했다.

−1328년 (2월) 원에 동녀를 바쳤다.

−1331년 (8월) 원에서 처녀를 요구하여 중앙과 지방이 소란하
였다.

−1338년 (7월) 원에서 고자, 처녀, 말[馬]을 요구하였다.

−……

1.

궁홀산 계곡을 찾아든 자들

궁홀산(弓忽山)에 저녁 햇살이 비켜 흐르더니 곧 땅거미가 내려앉았다. 나무숲을 활공하던 멧새들이 보금자리에 날개를 접었다. 네발짐승이 바위 틈서리나 굴속에서 기지개를 켜고 야광을 번득이기 시작했다.

진청색 허공이 새카만 그을음으로 바뀌더니 별떨기들이 하늘 가득 돋아나 추워 보였다. 어느새 산기슭의 사철나무 잎새도 검푸르게 한 겹 껴입고 한기에 맞서는 철이었다. 온돌방에서 잠을 청한 열미가 고콜불을 껐다. 골뫼계곡 깊은 중허리 벼랑에 얽은 굴피집도 어둠에 묻혀버렸다. 곳간방에 누운 남정네들의 코 고는 소리가 이내 문틈서리를 삐집고 들어왔다. 그들이 어떻게 누워 잠덧을 하는지 열미는 알고도 남았다. 문지방 밑에 누운 잇태는 낮부터 몸살기가 있다고 했다. 맨구석에 면벽하고 누운 풍도 스님은 아직 선잠일지 모른다. 반야심경을 묵송하고 천수다라니를 또 심독해야 하니까. 또 한 사람, 가운데 누운 무령아장님의 코 고는 소리가 언제나처럼 간헐적으로 우렁차다.

바람이 분다. 방향도 없이 이리 쏠리고 저리 쓸리는 깊은 산의 숨소리가 문틈을 때린다. 스라소니가 깃털을 앙세우고 바람을 거슬러 먹이를 노려볼 것이다. 봉당 섬돌에 누워있는 풍산개 보리가 앞산을 주시하며 땅바닥 할퀴는 발톱 소리를 냈다. *끄긍끄긍* 턱에 힘을 주지만 짖지는 않는다. 기죽지 않으려는 몸부림이다. 만약 스라소니가 울바자 위로 주둥이를 내밀면 무령이 귀신같이 잠자리를 박차고 나가 활을 겨눌 것이다. 그렇게 해서 살쾡이도 낚지 않았던가? 그 가죽으로 열미가 저고리를 지어 입었다. 겨울을 나자면 몇 마리는 더 옭아야 할 것이다. 무령의 수완에 맡기는 수밖에 없다. 풍도는 사냥에 손수 나가지 않는다. 살생을 꺼리는 기색이 없는 건 아니지만 숨이 차는 나이라고 핑계를 댔다.

밤이 점점 깊은 골짜기로 처박힌다. 바람이 대신 잠을 청하는가 싶다. 열미는 방문 판때기에 귀를 대고 소리 없이 달려가는 밤공기의 흐름을 잡아보려 애쓴다. 요행 하늘에서 별들이 흘러가는 소리가 들린다. 바람이 잠을 자면 비로소 들려오는 산천초목의 울림. 하늘에서 별들이 끌고, 땅에서 초목이 이끌리는 소리, 시간이 가는 소리. 이윽고 동쪽 산마루 너머에서 사르락사르락 돋아오르는 빛의 걸음 소리. 곧 산중의 어둠이 함지박에 풀어 놓는 먹물처럼 엷어질 것이다. 달이 뜬다. 오밤중 자정이 가까워온다.

열미가 허리를 세웠다. 한기를 막으려고 덧단 판때기 밖으로 시선을 내쏜다. 달빛이 일어나 한 발자국 더 다가오고 있다. 곳간방에서 몸을 세우는 기척이 난다. 방문을 흔들던 코 고는 소리가 멎은 직후다.

"달 떴다."

군호(軍號)처럼 날 선 무령의 목소리다. 풍도가 반사적으로 허리를 세웠다.

"잇태야, 달 떴다."

잇태의 입에서 가느다란 신음이 새어 나왔다. 열미가 방문을 열었다.

"온종일 이마가 불덩이였어요."

무령에게 사정해 본 말이었지만 풍도가 대답했다.

"아픈 거라면 불보살께 빌든가 달님한테 빌든가, 여하튼 일어나야 힘아리를 찾지."

"하지만 오늘은 빼주세요. 패두님도 안 계시니까."

"출타 때 더 열심을 내야지. 아프다고 빼고, 회간(晦間) 빼고, 그러다가 언제 활을 낼까. 자자, 그만 일어나그랏."

무령이 다그쳤다. 잇태가 머뭇머뭇 일어나는 기척이다. 섬돌의 보리가 꼬리를 치더니 끙끙 화답을 했다. 어떻게 훈련을 시켰는지 짖을 줄을 몰랐다. 풍도는 곧잘, 얘는 짐승이 아니고 보살이요, 보살, 했다. 그래서 이름도 보리다.

봉당으로 나서니 한기가 훅 가슴을 찔렀다. 무령이 공방에서 활을 꺼내와 각 손에 나누어 주었다. 맞바라기 사달봉 위로 달이 떠올랐다. 말등자 같은 반달이 구름 한 점 없는 하늘에서 영롱한 빛줄기를 뿌려댄다. 달빛의 희롱 때문인지 산속은 어느새 생기가 충일해진다. 만물이 달빛에 녹아 검은 숲이 될 것만 같다. 사람들은 마당을 가로질러 말없이 돌계단을 내려간다. 계단 밑 활터가 보인다. 좁은 계곡 벼랑에 얹혀 있는 평지에 겨우 백 보를 닦았다. 계곡 너머 삼백 보 밖에 과녁을 세웠다. 나무 둥지를 깎고 그 위에 갈대를 얽어 동였다. 사람 모양이기도 하고, 네발 달린 짐승 모양이기도 했다. 며칠 전부터 송골매 모양도 덧세워 놓았다.

활터에는 비록 하현달이지만 달빛이 가득했다. 사람들은 달을 향해 꿇어앉았다.

"주몽 폐하, 신궁을 내려주옵소서."

무령이 주문처럼 기원했다. 낮고 간결했으나 오장육부에서 말아 올린 소리였다. 나머지 셋도 따라서 중얼거렸다. 그리고 냉정한 달빛을 동공 깊숙이 담았다가 그것을 폐부에 새기기라도 할 듯 큰 호흡을 서너 차례 뿜어냈다.

활을 든 채 무령부터 일어나 사대 위로 올라섰다. 죽은 듯 고요한, 먹지 잔영처럼 희뿌연 앞산을 먼 산 그리메부터 차례로 응시했다. 산의 숨결이 코끝을 지나 가슴으로, 다시 어깨로 옮겨갔다. 엄지에 깍지를 끼우고 절피에 오늬를 걸었다. 숨을 죽였다. 과녁이 선명하지 않다. 정곡이 구분되지도 않는다. 마음으로 쏘아야 한다. 마음은 천 리 밖도 볼 수 있다지 않는가.

무령이 줌통 잡은 손을 고정시키며 천천히 범아귀에 힘을 주었다. 시위가 팽팽해졌다. 중구미가 미동도 않아야 한다. 죽머리가 가벼워야 한다. 깍짓손이 있는 듯, 없는 듯해야 한다. 핑— 살이 날아갔다. 살찌가 보이지 않았다. 너무 빠르기 때문인지 몰랐다. 아니면 달빛이 엷어서일 것이다. 살촉이 과녁에 꽂히는 소리도 들리지 않았다. 낙전은 아닐 것이다. 화살이 달빛에 감겨 날아가는 것만도 목표에 진일보한 것이리라. 사뿐히 날아가, 노루발로 뽑아낼 것도 없이 적확한 관중이라면 얼마나 좋으랴.

이번에는 풍도가 시위를 당겼다. 줌손이 떨린다. 깍짓손이 논다. 풍도는 중구미에 힘을 뺐다. 활을 내리고 뒤켠으로 한 발 물러나며 달을 올려봤다. 어쩐지 냉정했다.

"어느 세상에, 달의 흑점을 쏴 맞춘단 말인가. 그게 양계에서 가능하리라 믿나?"

문득 금강산 활중[弓僧]이 생각나며 대책 없이 밀려오는 회의였다. 혼잣말처럼 중얼거렸으나 무령이 알아듣고 그냥 넘어가지 않았다.

"사람의 본성이 다 다른데 왜 안 되겠어요?"

풍도는 대답 대신 사대 뒤켠에 쭈그리고 앉아 있는 잇태에게 다가갔다.

"잇태 몸도 이 지경인데 밤 기운도 차갑고, 오늘은 좀 봐줘야지."

"그건 사소한 핑계라구요."

무령이 억지웃음으로 막고 나서 열미에게 눈길을 돌렸다. 고두리살만 만지작거리던 열미는 며칠 전부터 주살대를 치웠고 이제 통아도 치울 단계에 들어섰다. 활쏘기의 매력을 하나하나 알아가는 중이지만 목표가 지엄하여 편치는 않았다. 팔찌를 두르고 무령이 꿰뚫는 시선 속에서 박달나무 목궁의 시위에 화살을 걸었다. 숨을 멈추고 만작(滿酌)[1]의 정밀함이 다가오는 순간 깍짓손을 폈다. 화살이 포물선을 그리며 천천히 날아가다가 오십여 보 앞에서 가라앉았다.

"잘 쐈어. 우리 여궁사가 일취월장이네."

무령이 흐뭇해했다.

"언제쯤 과녁까지, 아니 저 달까지 날아오르겠어요?"

열미가 부끄러워했으나 앞길이 머나먼 것을 두려워하지는 않았다. 잇태 차례가 되었으나 그는 여전히 불 이마에 끙끙 앓는 소리다. 무령이 다시 사대에 서고 셋이서 일순을 더 돌았다. 매일 삼순을 돌았으나 오늘 저녁은 이순 만에 끝내고 산

---

1 활시위를 최대로 당긴 상태.

채로 올라왔다. 내일 계곡과 무겁터를 뒤져 낙전을 수거하는
일은 언제나 잇태 몫이다.

　해가 돋을 때까지 잇태가 일어나지 못하자 열미는 무겁터로
화살을 모으러 갔다. 올곧지 못한 대가지로 만든 살이나마 아
껴 써야 했다. 간간이 화살을 깎지만 달의 흑점을 맞추기까지
는 어느 세월이랴 싶었다. 유 직원이 없는 날이면 허탄한 생각
이 더욱 심했다.

　화살 한 개의 향방을 가늠하지 못해 낙엽 진 덤불 숲을 헤
치는 중인데 등 뒤에서 사람 목성이 들렸다. 유 직원이었다.
반가웠지만 가벼운 내색으로 응대할 분은 아니다. 목례를 하
고 덤불 숲 너머 휑하니 뜬 허공으로 웃음 띤 눈길을 보냈다.
수백 길 고꾸라진 직벽 너머로 울울한 노송이 키를 재고 있었
다.

　"열미가 엄청 바빠지게 생겼다."

　"왜요?"

　"사람들이 오고 있어."

　"누가요?"

　"싸우러 오는 건 아니니 겁먹지 마라. 들녘에서 쫓겨난 사람

들이니까. 우리가 거둬주지 않으면 다들 굶어 죽게 생겼더라."

"우리 집도 옹색할 텐데."

"그러나 어쩌겠니. 다들 함께 고생해야지."

유 직원이 활터를 벗어나 굴피집으로 걸음을 옮겼다.

"좌주 님은 잘 뵙고 오셨나요?"

열미가 기색을 살펴 어렵게 물었다.

"병색이 짙으셔서 송구했지만, 내가 숨어 있는 곳을 굳이 묻지 않으셨다. 장차 뭘 하려는지 다 알고 계시다는 눈빛이셨다. 그래서 더 마음이 아프구나. 이 땅, 이 백성한테 몇 안 되는 큰 어른이신데, 허튼 조정 벼슬 지내시랴 심중에 신궁을 간직하시랴 얼마나 노심초사시겠느냐."

유 직원의 안색이 흐려졌다. 열미가 얼른 분위기를 바꿨다.

"어제도 달맞이 습사를 했습니다."

"옳거니. 하루도 걸러서는 안 되지."

"잇태는 몸져누워 있고, 무령 아장님은 아마 사냥을 나갔을 겁니다."

"몸이 회복되면 잇태더러 찾으라 하고 어서 집으로 가자꾸나."

유 직원이 앞장섰다. 문설주에 기대앉았던 잇태가 일어나 허

리를 굽혔고, 풍도에게 털 쓰다듬을 받던 보리가 꼬리를 흔들
며 다가왔다.

2.

원나라 딸이 지배하는 세상

　　홀도로게리미실[2] 공주는 '왕비' 칭호를 싫어했다. 왕이 뭐 대순가. 고국에 가면 흔한 칭호가 그것 아닌가. 자신은 황제 쿠빌라이의 열아홉 살 꽃다운 딸, 거룩한 이름, 온 천하에 사랑받는 막내딸이다. 그래서 귀하다. 공주의 위엄에 누가 되는 건 그 무엇이든 허투루 둬서는 안 된다. 늙은 왕도 마찬가지다. 왕의 첫 여자 '정화'를 엄벌해야 한다. 아무리 이른바 태자비로 간택되어 아들까지 두었다지만, 꼴 보

2　원나라 쿠빌라이의 막내딸 이름.

기 싫다. 두려워 떠는 안색이 가엾다고 내 마음의 가시를 그냥 덮을 아량이 없다.

공주는 정화궁주(宮主)를 궁궐 처소로 불러들였다. 나이 지긋한 중년 여성이 지레 사색이 되어 나타났다.

"왕이 너를 자주 보느냐?"

공주가 대뜸 물었다.

"소인도 뵈온 지 오래됐습니다."

"내 앞에서 거짓말을 했다간 목숨을 부지하기 어렵다. 다시 묻는다. 언제 보았느냐?"

왕비가 되어 입맛에 맞게 삼 년이나 나라를 다진 공주의 음색에는 시퍼런 칼이 숨겨져 있다. 궁주는 부들부들 떨었다. 이 세상을 절반도 넘게 정복한 황제의 딸 앞이다. 전왕의 '사돈 맺어주십사' 하는 애걸을 너그러이 수용하고 부마국으로 은전을 베푼 절대 통치자다. 왕을 붙잡아 염전 노예로 내치지 않고 왕비를 부뚜막 지기로 삼지 않은 것만도 얼마나 큰 은혜더냐. 게다가 마흔 살 늙은 유부남에게 꽃다운 열여섯 살 막내딸을 시집 보냈다. 전왕은 감읍하면서 마지막 눈을 감았다. 비로소 그 악착 같은 몽골의 겁박으로부터 내 아들은 한 발 뺄 수 있게 되리라. 남편도, 그 신하들도, 공주 위하기를 쿠빌라이 버금가게 해야 한다.

그렇다고 거짓으로 남편을 만났다고 자복할 순 없다. 그 또한 어떤 꼬투리가 될지 모르니까.

"공주마마, 진실이옵니다. 그간 뵌 적이 없습니다. 거짓이라면 어떤 벌이라도 내리시옵소서."

궁주는 떨었다. 공주가 서틀게 웃었다. 등 뒤에서 쿠빌라이가 웃었다.

"허면 근간에 왕이 내 침소에 왜 발을 끊었느냐?"

"모, 모릅니다. 제가 어찌 전하의 심중을 알겠습니까?"

"그래?"

공주의 얼굴에 표독미가 배났다. 때리거나 죽이기 전의 그 미소였다. 궁주가 새파랗게 질렸다. 공주가 즐기면서 다시 물었다.

"그렇다면 밤마다 무당을 불러 저주한다는 얘기도 모르겠구나?"

"저주라니요? 소인이 누굴 저주한단 말씀이옵니까?"

"내가 너한테는 눈엣가시 아니냐?"

공주의 목성이 날카로워졌다. 순간 두 다리에 힘이 풀린 궁주가 풀썩 주저앉았다.

"찔리는 게 있는 게로구나?"

"아닙니다. 천부당만부당합니다. 소인이 어찌 감히 공주마마를 저주합니까? 모함입니다."

궁주는 울음이 북받쳤지만 있는 힘을 다해 목구멍 속으로 집어넣으려 애썼다. 겁에 질린 단말마의 그것이었다.

이때 '겁구아'에 호복을 입은 어느 대신이 문밖에서 알현을 여쭈었다. 정동행성 상장군, 첨의중찬, 일흔 살 가까운 노익장 김방경이다. 방경이 공주 시녀의 안내를 받으며 침착하게 들어섰다. 공주가 궁주로부터 그에게로 시선을 옮겨갔다.

"공주마마 고정하옵소서. 궁 안팎의 소인배들이 발호하여 없는 것을 꾸며내 상달하는 일이 많아졌습니다."

"궁주를 두둔하려고 온 것이냐?"

"참을 밝히려고 왔습니다."

"뭐가 참이란 말이냐?"

"소신이 아는 바 궁주의 성품은 마마를 저주할 만큼 모나지 않습니다. 사실을 확인하고 후대하신다면 도리어 칭송이 자자할 것입니다. 그게 또한 황제 폐하의 성덕을 돋보이게 할 줄 압니다."

늙은 중찬은 차분하면서도 꼿꼿했다. 공주의 언성이 겨우 누그러졌다. '고려에도 신하가 두 명 있다. 그중 하나가 방경이다.' 하던 아버지 쿠빌라이의 말이 떠올랐다.

"중찬의 지모와 용맹을 내가 안다. 진실이 그렇다면 내가 믿어야지."

"황공하옵니다."

중찬이 허리를 굽혔다. 털썩 꿇어앉은 채 인사불성인 궁주를 지그시 내려보았다. 나라가 제대로 섰다면 지금 황후요 장차 태후가 될 분이다. 하지만 저렇듯 비루하게 공주 앞에 엎드려 있다. 중찬이 시비에게 고갯짓하여 궁주를 일으켜 세우게 했다.

"가만 있거라."

공주의 목소리가 궁주에게 이르렀다. 그 파장으로 무릎을 펴던 궁주의 허리가 휘청 흔들렸다.

"궁주가, 비록 죄가 없다고 하니, 앞으로도 영영 내게 충성을 바치겠다고 서약하라."

"공주마마, 궁주가 공주에게 서약하는 법도는 없습니다."

중찬이 결연히 아뢰었다. 공주가 같잖다는 표정으로 중찬을 훑어보았다. 법도는 다시 만들면 되는 것, 썩은 고려의 낡은 법도를 어느 안전에서 들먹이는가.

"첨의중찬[3]은 잠잠하라."

공주의 목성이 다시 왕의 그것처럼 무거워졌다. 하긴 그녀는 지금 왕이다. 대소 신하들이 용상의 왕과 공주를 알현할 때 보라. 고려 신하들은 그래도 탑전 가운데를 찾아 부복한다. 하지만 원의 사신들은 공주 쪽에 먼저 절하고 마지 못해 왕에게 시늉만 한다. 생략하는 자도 있다.

중찬은 어쩔 수 없이 궁주를 바라보기만 한다. 혼이 빠진 궁주가 다시 무릎을 꿇는다. 고개를 숙인다.

"공주마마께 영원토록 충성하겠습니다."

궁주의 고개가 더 숙여졌다. 허리까지 굽혀졌다. 공주의 하명이 이르기를 기다렸다.

"앞으로 변함이 없으렸다."

"예—."

"고개를 들라."

궁주가 조심스레 공주와 눈을 맞추었다. 그런데 공주의 미간이 찌푸려졌다.

"울었느냐?"

칼끝 같은 물음이다. 궁주는 서둘러 눈가를 훔쳤다.

---

3 고려 후기 첨의부(僉議府)의 종1품 관직.

"아니옵니다. 감읍이옵니다."

궁주가 다시 고개를 숙였다.

"알았다. 중찬의 말을 보증으로 의심을 거두겠다. 물러가라."

궁주가 엉거주춤 일어나 큰절을 바쳤다. 허위허위 편전을 벗어났다. 뒤따르는 중찬은 말이 없다. 궁주도 말이 없다.

김방경이 옥에 갇혔다. 강도(江都)에서 왕손 승화후를 옹립하고 선박 천여 척의 위용으로 진도 벽파진에 웅거한 남적(南賊) 삼별초 신의군을, 몽장(蒙將) 흔도·홍다구와 함께 토벌한 그였다. 왕 사칭에 연루된 승화후 부자(父子)도 물론 생포하여 목을 베었다.

그 공로로 황제의 호두금패(虎頭金牌)를 하사받았지만 소용 없었다. 갑옷을 걸치고 흰 수염 드날리며 장검을 휘두르는 상장군의 꼬락서니에 몽장 홍다구는 오히려 구역질이 났다. 무술을 제대로 연마한 적도 없는 음서(蔭敍) 주제에 칼을 차고 나다니는 것조차 불쾌했다. 아버지 잘 둔 놈들에게 새 세상의 본때를 보여야 한다. 내가 네 왕한테 절도 하지 않는 이유를 정녕 모르느냐.

고려에는 이렇다 할 무신이 없다. 책만 읽은 문사들의 심중에는 아직도 송(宋)나라밖에 없다. 하룻강아지들이다. 무를 팽개친 나라가 어찌 왕과 백성을 지키랴.

몽장은 상장군을 제거하기로 마음먹었다. 남적을 제압한 공이 아무리 크더라도 그건 한낱 허울이다. 홍다구는 다루하치 석말천구와 입을 모았다. 다루하치가 입궁했다.

"공주마마, 김방경 부자와 그들 무리 마흔세 놈의 역모를 탐지했습니다."

다루하치를 접한 공주는 올 것이 왔구나 했다. 감히 내 앞에서 정화궁주를 비호하다니. 섶을 지고 불길 속에 들어 갔으렸다.

"증좌를 자세히 말하라."

"그들 무리가 삼별초를 제압한 것을 기화로 맨주먹뿐인 개경 왕이 하찮게 여겨졌다고 합니다. 진도에서 승화후를 참살하자 남녘 바닷가 백성들이 며칠이나 대성통곡하는 걸 보고는, 우리 원(元)과 싸워 고려를 지키는 것이 바로 백성들의 마음이었음을 깨달았다고 합니다."

"저런 쥐새끼 같은 놈들. 황은이니 충성이니, 호부를 받고 큰절 올린 게 가식이었단 말이냐?"

"아주 간사한 놈들입니다."

"어서 잡아들이지 않고 뭣하는가?"

"지금 서둘러야 놈들이 물속으로 들어가는 걸 막을 수 있습니다."

"강도(江都)가 무슨 철옹성이라도 된다더냐? 그까짓 바닷물 오리(五里)가 대수란 말이냐? 우리는 중국 황하도 건넜고 톈산[天山]을 넘어 두나 강(江)도 건너지 않았느냐?"

"소방 소인배들의 얕은 술수 아니겠습니까?"

다루하치는 득의만만했다. 바삐 궁궐을 빠져나가 상장군 부자를 포획했다.

상장군은 어이가 없었다. 이건 날벼락이었다. 홍다구의 심술이 발작했다고 직감했다. 황제를 뒷배로 하는 몽장의 눈 밖에 났으니 모면할 길이 없다. 차라리 역심이라도 한번 품어봤다면 목이 달아나도 부끄럽진 않을 것이었다.

대궐 뜰에서 국문이 시작되었다. 왕과 공주 앞에서 홍다구가 심문관으로 나섰다. 찰구이, 이름도 몽골식으로 바꾼 대역 부도한 놈. 고려에의 까닭 없는 적개심으로 피가 끓는 놈이다. 국경 근처에 살다가 몽골에 붙어 반기를 들었다는, 놈의 조부 밑에서 몽골 취향을 몸에 익혔다. 고려는 어차피 운이 쇠한 나라. 몽골의 발밑으로 들어가야 한다는 생각이 편했다. 고려를 지키려는 어리석은 자들을 교화해야 한다. 그런데 방경이란 놈이 버티고 있다. 어떻게든 놈과 그 아들을 얽어 거리로 끌고 나가 목을 쳐야 한다. 그래야 고려 기운의 싹을 자르는 것이다.

몽장 찰구이의 회초리는 매서웠다. 오라가 지워졌지만 상장군이 오히려 눈을 부릅떴다. 찰구이가 철편으로 갈아 잡았다. 철편이 겉옷에 감기자 방경 부자의 옷을 벗겨버렸다. 송악산의 솔잎마저 메말라 부서지는 깊은 겨울이었다.

"네가 폐하의 호두금패를 받았다고 기고만장을 떨었지. 표문을 올려, 상국의 부세, 공출, 공역이 가혹하여 소방 백성이 도탄에 빠졌다며 나를 참소했지?"

찰구이는 심문이 아니라 힐난을 이어갔다. 참의중찬을 발가벗겨 꿇어 앉히고 타이르는 중이었다. 연단의 공주 얼굴에 특유의 표독미가 돋아올랐다. 그럴 때 공주는 예뻤다. 몽골 여자 특유의 검고 강인한 눈매, 조롱박처럼 도드라진 볼, 좁은 이마에 미소가 번졌다. 공주를 흠칫 돌아본 찰구이는 그녀에게서 끼쳐오는 한량없는 자부심을 회초리 잡은 팔로 가져갔다. 내가 자백을 받든가 네가 죽든가 양단 간의 귀결만 남았다는 독기였다.

왕은 눈살을 찌푸렸다. 연신 고개를 돌렸다. 중찬의 충절을 믿고 싶었다. 저건 몽장과 공주가 짠 계략임이 틀림없다. 하지만 중찬을 위해 한마디도 거들 수 없는 게 괴롭다.

중찬의 살이 터져 피가 흘렀다. 온몸이 피칠갑이다. 왕은 눈을 감고 말았다.

"제안공 숙을 왕으로 옹립한다고 모의하지 않았느냐? 차라리 네가 왕위에 오르는 게 낫지 않겠느냐?"

찰구이는 희롱도 했다. 중찬은 여전히 부릅뜬 눈으로 몽장을 노려볼 뿐이다. 철편이 울고 피가 튀었다. 아들이 기절하여 쓰러졌다. 중찬이 이를 시리 물고 찰구이를 쏘아보았다.

"자백을 하면 매를 그치마."

찰구이가 다시 팔을 높이 들어 올렸다. 피 묻은 쇠가닥이 찬바람에 떨었다.

"비록 죽을지언정 거짓으로 고할 수는 없다."

중찬은 차라리 죽음을 택하는 것 같았다. 왕이 비로소 떠듬떠듬 몽장을 달래보았다. 공주의 얼굴을 연신 살핀 뒤였다.

"일단은 국문을 멈춰 보시오. 과인이 곧 대도(大都)에 입조할 터인데 그때 폐하께 칙지(勅旨)를 받아오는 게 어떻겠소? 공주는 어떠시오?"

"저자가 자백을 거부하잖소."

공주의 눈에서는 독염(毒焰)이 타올랐다.

"자백이 없으면 다른 증거를 찾아내야 할 거 아니요? 강요한다고 드러내 놓겠소? 오늘 이만큼 엄히 다루었으니 우선 감옥에 처넣고 증거를 찾아봅시다."

왕이 공주에게 간청했다. 공주는 얼굴 가득 불만스러웠으나 일단 수긍하면서 덧붙였다.

"정화궁주는 가만둘 수 없소. 내 앞에선 극구 부인했지만 아니 땐 굴뚝에 연기 날 리 없고, 도성 밖 무녀를 시켜 나를 저주했으니 그녀를 집에 유폐시키고 그 집 창고를 비우고 잠가 버리겠소."

"알았소. 알아서 처결하시오."

이어서 왕은 여전히 철편을 들고 있는 찰구이에게 말했다.

"저 자의 증좌를 찾아오시오."

공주가 뽀로통한 입술을 뺴물며 내전으로 사라졌다. 왕이 피투성이가 된 중찬을 내려보았다. 백발의 늙은 중찬도 왕을 올려보았다. 매질을 못 이기고 쓰러진 아들은 바라볼 겨를도 없었다. 불쌍하신 전하…, 늙은 얼굴이 말하는 듯했다. 이보게 왜 그렇게 꾀가 없나? 거짓 자백이라도 하면 내가 황제께 빌어 선처를 구해올 텐데…, 매가리 없는 왕의 얼굴도 그렇게 말했다.

　홍다구와 다루하치는 참의중찬의 반역 증거를 찾기 위해 거리로 사람을 풀었다. 연루된 놈들을 모두 투옥시켰으나 한결같이 억울함을 읍소할 뿐 단서가 될만한 것을 발설하지 않았다. 역모에 연루됐다는 제안공도 펄펄 뛰었다.

　홍다구도 중찬을 역모로 얽어 처단하는 것이 마음처럼 쉽지 않음을 알고도 남았다. 기고만장한 놈의 예기를 꺾고 공주를 기쁘게 할 수 있다면 그 수준으로도 충분했다. 놈에 대한 왕과 황제의 신뢰가 남다르지만 역모에 얽힌다면 그건 하루아침 국거리밖에 더 되겠는가. 역모에 연루되어 구금된 놈 말고, 제삼자의 증언이 필요했다. 거짓 증언이라도 잘 포장하면 그만 아닌가. 패관들을 풀어 거리에 떠다니는 풍문을 부지런히 염탐하게 한 이유였다.

　한 놈이 나타났다.

　신의군별초 도령낭장 밑에서 아장을 지냈다는, 김문랑이라는 자였다. 배중손 밑에서 진도 벽파진에 상륙하여, 몽골과의 전투에 목숨을 바칠 결의였다고 했다. 하지만 일본과의 연합

전선 시도가 무위로 돌아가고 여몽 연합군의 총공세로 거지반의 군사는 물론 대장 배중손이 전사했다. 고려 왕으로 옹립된 승화후도 참수되었다. 제주도로 이진(移陣)하는 배를 타는 게 무모했다. 반딧불로 어찌 별을 대적하랴. 달걀로 바위 치기였다. 그때 몽장 흔도·홍다구와 함께 군대를 지휘한 이른바 고려군 추토사 김방경의 패악을 잊을 수 없다고 했다.

"무슨 연유로 그런가?"

다루하치는 문랑의 입을 재촉했다.

"그의 분노 서린 눈, 꾹 다문 입, 성성한 머리털…, 그 풍신에서 뿜어져 나오는 위엄…."

"방경을 예찬하는 거냐?"

"천만의 말씀을. 방경은 그때 원군(元軍)과 한통속으로 나의 적장이었는데 어찌 그런 생각을?"

"그렇다면 놈을 증오하느냐?"

"그렇지요."

문랑이 한마디로 시인했다. 그리고 입을 꾹 다물었다.

"놈이 찬역을 모의하는 걸 언제 알았느냐?"

"이미 그때, 거기서 알았습니다."

"진도?"

"그곳 벽파진에서 몽장이 승화후를 생포할 때 방경이 미리 그들과 내통하여 퇴로를 의논했다는 밀고가 들어가지 않았습니까?"

"그래서 방경이 개경으로 압송되었었지."

"그런데 그 밀고가 나중에 거짓으로 판명 났고 방경이 풀려났는데 그 판결을 믿습니까?"

"실제로 내통했다는 말이냐?"

"그렇습죠. 왕은 오로지 방경이 아까웠을 겁니다. 고려에서 방경조차 사라진다면 왕이 의지할 데가 없을 테니까요. 그리고 왕의 속마음에 삼별초와 상국 군대, 어디가 더 싫었겠습니까?"

문랑은 진지했다. 다루하치의 표정이 심각해졌다.

"네놈은 너희가 만든 가짜 왕을 추모하고 있구나."

"그건 다루하치 각하의 착오십니다."

"이놈이 듣다 보니 불경하기 짝이 없구나. 방경의 찬역 기밀을 알리랬더니 묘한 이설로 나를 농락하는도다. 네놈이 신의군에서 빠져나와 목숨을 애걸하고 사면됐다더니 아직 그 근성을 버리지 못했도다."

다루하치의 얼굴이 벌개졌다.

"아닙니다. 오해를 푸소서. 사면된 뒤 저는 방경의 사랑에서 유숙하는 걸 허락받고 종노들과 함께 기거했습니다. 그때 밤마다 사람이 몰래 드나들었고 상노의 눈치가 남달랐습니다. 놈을 잡아다가 문초하면 실토하지 않겠습니까?"

문랑은 어떻든 다루하치를 안심시키고 신의군별초를 궤멸시킨 방경에의 복수심을 다독였다. 그러기 위해선 방경을 무고해야 한다.

"알았다. 네놈 말이 번잡스럽다만 방경의 종노들을 추포하면 실상이 밝혀질 듯싶구나."

다루하치가 석연찮은 표정으로 자리를 떴다. 문랑은 곧장 방경의 집으로 가서 여장을 꾸려 도망길에 올랐다. 방경을 무고하면서도 속이 편치 않았다. 방경에게 맺힌 원한의 뿌리는 결국 몽골 아닌가. 뿌리를 두고 아무리 가지를 친들 나무가 말라 죽겠는가.

문랑은 강화섬으로 달아나 목선을 탔다. 목선이 햇살 가득한 잔파도를 느릿느릿 더듬었다. 시야에 들어오는 산야가 서러웠다. 참과 거짓이 혼동되는 세상. 그래서 선과 악이 뒤엉킨 나라. 강화도로 도망간 최씨 무신 가문의 서슬 퍼런 압정이 고려를 지키려는 고육책이었던가. 가문의 영달을 보전하려는 이기심이었던가. 내 나라 군졸의 그림자도 볼 수 없는 육지 백성들은 피칠갑이 된 채 몽골군의 칼받이가 되거나, 엎드려 숨도 제대로 쉬지 못하는데 최씨와 왕은 강화도에서 한가히 무슨 생각에 잠겼던가. 그것도 무려 사십 년이나. 삼별초에 투신하여 몽골과 싸웠던 게 정의로운 충심이었나, 부질없는 도로였나.

일단은 어서 개경의 손아귀를 벗어나야 했다. 멀어질수록 놈들의 패악질이 무뎌지지 않을까 싶었다. 몇 년 전 일천 척의 배가 노 젓는 소리도 우렁차게 남진하던 그 뱃길이지만 지금은 가슴이 답답하기만 했다.

목선은 제물포, 당진, 굴포…를 들르면서 하염없이 남쪽으로 내려갔다.

3.

찬바람도 서러워라, 연경이 어디메냐

열미와 달리 선소는 자유분방한 구석이 있었다. 아녀자치고 당차고 호기심도 많았다. 그래서 곧잘 부모를 놀래키기도 했고 혼구멍이 난 적도 더러 있었다. 그런데 평소 그런 생각을 가졌을 줄은 꿈에도 몰랐다. 부모 곁을 떠나고 싶어 했고, 이 좁고 허약한 나라의 구차한 삶도 싫증 나 했다.

군사들이 집집마다 공녀를 징발하러 다녔다. 고관대작의 여식을 포함해 양가 규수가 대상이었다. 원나라로 간 공녀들이 생각보다는 윤택하다는 말도 있었다. 해서 고관들이 공녀 바치기를 주저하지 않는 자도 있다고 했다.

선소가 대도(大都)로 가겠다고 마음먹었다. 어미는 울며불며 말렸지만 아비는 수수방관이었다. 선소의 생각에도 일리가 있다고 믿었다. 대국이나 소방이나 여염집 여자의 살아가는 길이 뭐 별반 다르랴 싶었다. 되려 손등의 사마귀점만도 못한 이 소방에서 지지고 볶는 삶보다는 더 멋진 기회가 있을지 몰랐다. 원나라에 간 딸이 출세하는 바람에 기고만장 거들먹거리는 저 어떤 고관도 있다고 들었다.

선소는 열일곱 명의 처녀와 함께 개경을 떠났다. 말안장 위에서 세상 다 초탈한 듯 평화로운 상호군(上護軍) 안견치 밑에 처녀들과 함께 걷는 군관과 군졸도 여럿 보였다. 그중에 처녀들을 잘 보듬고 보살피는 자가 하나 있었다. 뒤꿈치가 까지면 상호군한테 아뢰어 잠깐 쉴 말미를 얻어오기도 했다. 평무라는 나이 어린 군관이었다. 키가 우뚝 크고 눈썹이 진하여 꼭 사대부집 공자 같았다. 처녀들은 다 그를 의지하고 따르고 싶어 했다.

겨울이 들어오는 길목이었다. 갈수록 추위가 깊어졌는데 그렇기에 더욱 발길을 재촉했다. 간혹 말 잔등에 태워 주기도 했지만 태반이 두 다리로 걷는 강행군이었다. 대동강을 건너자 얼마 가지 않아 곧 여진 땅이었다. 길가 사람들의 눈총이 알궂게 빛났다. 측은해 하는 건지 부러워하는 건지 구분되지 않았다. 그들 지껄임 속에는 고려말도 섞여 있었다. 여기는 전부터 고려 사람이 살아온 땅이라고 했다.

"개경에는 미녀도 많지."

"춤도 잘 추고 노래도 간드러진다지."

"연경에서는 고려 여자를 최상품으로 친다네. 궁궐 황족들이 좋아죽는데."

그럼 그렇지. 개경 여자가 어디에 빠지랴. 무슨 족속인들 후려잡아 기를 꺾으리라. 선소는 속으로 웃었다.

압록강을 넘으니 찬바람이 휘몰아치는 질펀한 들판이 나왔다. 개경이나 서경의 들녘은 손바닥에 불과했다. 보름이 넘어 심양에 도착했다. 사나흘 쉬기 위해 심왕(瀋王) 궁에 짐을 풀었다. 커다란 공관 대실(待室)에 열일곱의 여자들을 집어넣었다. 방은 모두 네 칸이었다. 다섯 명씩 방 셋으로 들여보내고 나머지 둘, 순단과 초연이라는 처녀는 맨 구석진 자그마한 방을 차지했다. 오랑캐 떠드는 소리가 시끄러웠고, 문밖 뜰에서 솟구치는 말 트림 소리가 역겨웠다. 몸은 녹초가 됐지만 잠은 쉬 오지 않았다. 들판이 설었고 물빛이 탁했다.

누군가 소리 없이 방문을 열었다. 맨 구석 방이었다. 한 사내가 신발 채로 성큼 들어섰다. 마악 잠덫에 빠질 즈음이던 순단이 소스라치게 놀라며 몸을 돌돌 말았다. 사내가 순단의 손목을 우악스레 낚아챘다. 순단은 간이 콩알만 해졌지만 무슨 곡경인지 통 알 수 없어 소리를 지르지는 못했다. 사내의 손아귀가 빡세지면서 나직이 뇌까리는 쇳소리가 놈의 입술을 비집고 나왔다. 고려말이 아니었다. 순단을 끌어내려는 수작이 분명했다. 순단이 허리를 제켜 피하자, 놈의 목소리가 말 트림처럼 높아졌다. 아무도 모르게 조용히 처결할 계제가 아니라고 판단한 듯했다. 순단이 앙칼지게 비명을 지르며 손목을 뺐지만 그녀의 입이 틀어 막혀졌다. 역부족이었다. 놈이 순단을 나꿔채 문밖으로 끌어냈다. 아무도 구하러 오는 자가 없었다. 옆에 있던 초연이 비로소 부들부들 떨면서 옆엣방 문을 두드렸다. 모두들 허리를 세웠지만 문을 박차고 나가지는 못했다. 인솔 군관이 나타나 주기를 숨죽였다. 하지만 캄캄한 어둠의 흔들림은 없었다. 문지방 앞에 머리를 둔 순단이 재수 없이 걸려든 거라고 생각하는지도 몰랐다. 일행 중에서는 조신하고 매사에 사근사근한 순단이었다.

놈이 순단을 야번(夜番) 초소로 질질 끌어갔다. 의뭉스럽기 그지없어 보이는 당직 초관이 게슴츠레한 눈으로 기다리고 있었다는 투였다. 초관은 잠옷 차림인 순단의 가슴을 다짜고짜 덥썩 끌어안았다. 이 야들야들한 살결, 노독에 지쳤음에도 향긋한 냄새. 놈이 중얼거리면서 순단의 속곳을 까 내렸다. 아까 너희들이 공관에 들어올 때 이미 나는 욕정에 불타고 말았지, 이 시각까지 참는 것도 죽기만큼 힘들었다. 놈이 순단을 번쩍 들어 탁자에 눕혔다. 순단이 몸을 돌려 놈의 손아귀를 피하려 바둥거렸다. 솥뚜껑 같은 손바닥이 허구리를 내려쳤다. 숨이 칵 막혔다. 소리 지르면 네 목을 매달 테다. 놈이 벽에 걸려 있는 포승줄을 내려 순단의 발꿈치 께로 던졌다. 순단의 눈에서 오르르 눈물이 배어 나오더니 그 몇 방울이 탁자 위로 튀었다. 그렇지, 우니까 더 흥분되누나. 놈이 바지를 까 내리더니 양물을 움켜쥐고 한껏 으스대다가 마음껏 옥문 속으로 들이밀었다. 고향 생각이 났다. 순마군에게 쫓기다가 숨이 턱에 차올라 송악산 기슭에서 주저앉았던 게 떠올랐다. 아버지 어머니가 꺼이꺼이 우는 소리가 들렸다. 동시에 양물에 힘을 가하는 놈의 거친 숨소리도 들렸다. 순단은 눈을 감았다. 과연 고려 처녀는 맛이 다르구나. 놈이 축 처진 양물을 빼면서 희떠운 웃음을 그렸다. 바지춤을 여미고 의자로 돌아가 앉았다. 목이 마르는지 물을 한 잔 따라 마시는 것 같았다. 술일지도 몰랐다. 문이 열리더니 좀 전 순단을 끌어온 놈이 들어섰다. 둘이 물인지 술인지 그걸 나눠 마시는 것 같았다. 이번에는 탁, 하고 순단의 귀청을 때리는 괴음이 혼미한 정신을 매질했다. 방금 들어온 놈이 탁자에 잔을 내려놓는 소리였다. 순단에게 그건 광기서린 폭음이었다. 순단은 기겁을 하고 상체를 일으켰다. 눈물이 다 말라 있었다. 놈이 이제 고이 자기를 데려다주기를 소망했지만 산산조각이었다. 놈이 상기된 얼굴로 음흉하게 다가왔다. 대국에 바치는 걸 영광으로 알렸다. 놈이 내뱉으며 허리띠를 풀었다. 절망이었다. 순단은 차라리 눈을 감고 말았다. 그렇지 착하구나, 양처럼 순해. 놈이 순단의 머리카락을 쓰다듬었다. 젖무덤을 더듬고 먼저 놈의 애물이 남아 있는 사타구니로 손을 가져갔다. 카악, 혀라도 깨물고 싶었다. 아니 놈의 양물을 물어 뜯어 잘근잘근 씹어 먹고 싶었다.

순단은 한 식경이 넘어서야 놈들에게서 풀려났다. 실성한 눈빛의, 우둔한 걸음걸이가 제가 깔았던 요 위에 겨우 몸을 눕혔다.

요하에 이르자 시퍼런 얼음이 보였다. 연경이 가까워졌다. 군졸들은 연신 처녀들의 흐트러진 꾸밈새를 질타했다. 황제, 아니면 적어도 황자나 황손 앞에 내보일 얼굴이 아니냐는 거였다.

심왕궁에서의 사달을 눈치챈 인솔 상호군 안견치는 죽을 맛이었다.

이 변고가 황궁에 알려지면 모가지가 온전치 못할 게 뻔했다. 처녀들을 잘 간수하지 못한 부하들에게 오라를 지우는 게 자기가 빠져나갈 구멍이었다. 하지만 무엇보다 이 사달을 소리 소문없이 땅속에 묻어 버린다면 그게 더 상책일 수도 있다.

심왕궁 야번한테 욕을 본 순단은 요하에 이를 때까지 내내 눈동자에 초점이 없었다. 두 살 위 오라비처럼 대하던 평무와 마주칠 때는 잠깐 눈물이 글썽했으나 곧 메말라 버렸다. 그보다도 사고뭉치가 된 자신을 바라보는 상호군의 눈쩨가 소름 끼쳤다. 하지만 그것마저도 무시해 버렸다. 팔자 사나운 년, 공녀로 잡히고 오랑캐 야졸들한테 더럽혀진 년. 황도에 들어간들 무슨 낙이 있으랴. 목숨 하나 부지하는 게 하늘이 내린 은총이라는 걸까. 다 부질없다.

"넌 왜 자꾸 뒤처지는 게냐?"

중모라는, 평무보다 한 계급 높은 군관이 순단 옆에 붙어섰다. 선두는 어느새 얼음길 속 거룻뱃전으로 올라타고 있었다. 중모가 순단을 세우고 잠시 시간을 지체하더니 평무에게 눈짓을 보냈다.

"우린 여기서 좀 쉬었다 가자꾸나."

평무가 순단을 주저앉혔다. 그러잖아도 발길이 무디던 순단이었다. 아니 어딘가로 걷고 있다는 게 부질없고 야속하던 참이었다. 순단은 소리 나게 풀썩 주저앉았다. 평무가 그래도 내속사정을 알아주나 싶었다. 뱃전에 부딪히는 얼음장을 깨며 다른 처녀들을 태운 거룻배가 강을 건너가고 있었다. 그 안에 있는 처녀들은 모두 먼 산을 보고 있는 것 같았다. 아니 하늘을 올려보며 눈을 감고 있을지 몰랐다. 그러나 아무도 입을 열지는 않았다. 배가 피안에 닿았다. 처녀들이 내리고, 말 탄 상호군을 따라 한 줄로 강변 모랫길을 걸어 나갔다. 꼭 유령들의 그것 같았다.

"나리 저를 왜 붙들었소? 고려로 돌려보낼 참이요?"

순단이 물었지만 들떠 보이는 기색은 아니었다. 고려로 돌아간들 무슨 낙이 있으랴, 자포자기였다.

"나하고 도망가자꾸나"

뜻밖에도 평무는 순단의 손목을 잡아 일으켰다.

"이 오랑캐 땅에서 어디로 도망을 친단 말이요?"

순단이 오히려 역정을 냈다. 하지만 평무는 마치 무슨 임무라도 수행하려는 듯 순단을 잡아끌었다. 순단이 평무의 손을 휙 뿌리치며 눈심지에 불을 당겼다.

"차라리 날 죽여주시오. 저 후미진 곳으로 끌고 가 없애 주시오."

순간 평무가 얼어붙었다. 죽음 앞에서 사람은 자기 발 앞 운명을 통시(洞視)라도 하는 걸까. 평무는 순단의 손목을 슬그머니 놓고 말았다. 동시에 자기가 지금 무슨 짓을 하려 했는지, 횡액을 당해 정신줄을 놓친 그녀를 얼음장 속으로 밀어 넣으라는 안견치의 명에 꼭 복종해야 하는지, 질퍽한 회의가 일었다. 이건 인두겁을 쓴 사람이 할 짓이 아니라는 뜨거움이 꼭 뒤를 타고 내렸다.

"내가 잠시 미쳤었구나."

평무의 음성이 떨려 나왔다.

"아니요. 오히려 내가 제정신이 아닌 거지요. 하지만 더 이상 난 아무것도 할 수 없어요."

순단이 평무의 가슴을 밀치더니 눈앞의 막막한 얼음장을

내다보았다. 그리고 그곳으로 거침없이 다가갔다. 평무는 꼼짝없이 서서 그녀의 뒤태를 지켜보았다. 아니 고개를 돌려 외면하고 싶었다. 순단은 지금 자기가 죽을 곳, 아니 살 곳을 찾고 있을 것이었다. 이 세상 어디에도 없는 그곳. 강심 깊은 곳에 있다는 얼음장 숨구멍. 그 속에서 그녀는 자기가 떳떳이 살 만한 세상을 찾고 있을 것이었다.

순단이 속절없이 걸어 나갔다. 고개를 꼿꼿이 세운 것 같았다. 아니 하늘을 우러르는 것 같았다. 이승과 저승의 경계선에서 하늘에 대고 무엇을 하소연하는 걸까. 원망하는 걸까. 평무는 털썩 주저앉았다. 동시에 고향에 계신 홀어머니가 떠올랐다. 살아야 한다, 피붕치가 되더라도 살아야 무어든 할 수가 있느니라. 말씀이 울려왔다. 평무가 달려 나갔다. 순단이 뒤를 돌아보았다. 순단의 팔을 잡아 세웠다. 그 서슬로 얼음장에 미끄러진 순단이 넘어졌다. 평무도 따라서 넘어지고 말았다. 잿빛 하늘이 눈앞에서 내려다보았고, 찬바람이 볼을 때렸다.

"순단아, 정말로 도망가거라."

평무가 내뱉었다. 순단이 몸을 추스르면서 일어나 평무를 빤히 내려다보았다.

"아까 도망가자는 말은 거짓말이었다. 하지만 어찌 인두겁을 쓰고 생사람을 없앤단 말이냐. 내가 잠시 미쳤었다."

평무가 오히려 순단에게 두 손을 잡혀 일어나면서 중얼거렸다.

"나를 죽이려고 했소?"

새삼 제정신이 드는지 순단이 두 눈을 깜빡거렸다.

"상호군 나리는 네 구설수에 얽히는 걸 어떻든 차단하려 했으니까."

"오라비처럼 따르던 나리더러 날 죽이라는 거였소?"

순단이 파르르 입술을 떨었다. 이제는, 저승으로 가고자 얼음구멍을 찾던 그 얼굴이 아니었다.

"제발 스스로 죽지는 말아라. 사람 목숨이 그렇게 허접한 게 아니니까."

평무가 순단의 손목을 이끌고 강둑으로 나왔다.

"나도 이 세상 하직하는 게 차라리 낫겠다 싶었오. 그렇지만 죽는 것도 내 뜻대로 안 될 팔잔가 보오."

순단이 길게 한숨을 내쉬었다.

"어딜 가더라도 목숨만은 부지해라. 그게 사람을 보낸 천지신명의 뜻이다. 다만 개경 근처에는 얼씬도 않는 게 좋을 듯

싶구나. 내가 상호군을 따라가서 널 강물 속에 밀어 넣었다고 아뢸 테니까."

"이 드넓은 오랑캐 땅에서 일면식도 없이 어디로 간단 말이요."

"나는 곧 상호군 나리를 따라붙어야 하니, 그건 네 운명에 맡기는 수밖에 없구나. 자, 어서 가거라."

평무가 돌아섰다.

순단은 눈앞에 길게 뻗은 강줄기를, 등 뒤의 찬 바람 몰아치는 거센 벌판을 번갈아 바라봤다. 살아야 하나, 죽어야 하나. 확신이 서지 않았다. 막막했다.

"오라버니."

순단이 평무를 불러 세웠다. 목성이 젖어 있었다.

"저를 데려가면 안 되겠소? 잠시 내가 옥생각을 했소. 죽을 결심에서 풀려나오니 살 욕심이 돌아왔어요. 어떻게든 살아서 이 치욕을 씻고 떳떳이 살아볼 욕심 말이요."

평무가 적이 순단을 바라보다가 겨우 말했다.

"상호군 나리에게 넌 죽은 사람이야."

매정하게 돌아섰다. 후다닥 순단의 앞을 벗어났다. 상호군을 따라잡기 위해 거룻배가 얼른 뜨기를 재촉하고, 피안에 당도해서는 발걸음을 재촉해야 할 것이다. 등 뒤에 멍하니 서 있던 순단의 까만 갖신이 자꾸 머리를 지분거렸다. 하지만 달려가서 그녀를 이끌어 올 수는 정녕 없었다.

순단이 사라진 걸 눈치챘지만 아무도 입 밖에 내지 않았다. 상호군 안견치의 눈초리가 매섭게 번뜩였고, 평무가 갑자기 엄한 얼굴로 처녀들 옆에 붙어섰다. 안견치가 평무에게 가까이 오라는 눈짓을 보냈다.

"신발은 어디 있느냐?"

그의 하문에는 칼끝이 숨겨 있었다.

"아, 송구합니다. 경황 중에 그만…."

평무는 꾸며댔다. 이미 순단을 놓아주고 돌아서면서 머금은 말이었다.

"내가 필히 가져오라 하지 않았더냐?"

안견치가 의심 가득한 눈초리를 내쏘았다.

"진정입니다. 그 처녀는 강물 속으로 들어갔습니다."

"저항하지 않더냐?"

"이미 생을 포기하고 있었습니다. 제가 밀어 넣기 전에 스스로 들어갔습니다. 그래서 신발을 벗길 새도 없었습니다."

"정말이렸다. 이 사달이 상도에서 까탈을 부리면 네 목숨도 부지할 수 없단 걸 명심하렸다."

"여부가 있겠습니까."

안견치가 입술을 욱 다물고 시선을 멀리로 돌렸다. 그리고 중모의 미심쩍어하는 눈초리가 자꾸 평무를 훑고 지나갔다. 상호군의 비밀스런 명을 받았을 거였다.

평무는 철저히 가면을 쓰기로 했다. 험악한 얼굴로 처녀들을 닦달하고 실없는 농지거리도 남발했다. 원나라에 오면 사람들이 이토록 딴사람이 되는 건가, 의아해하는 선소에게 평무가 실없이 물었다.

"넌 뭐가 못마땅해서 그리 수심이 가득하냐?"

"수천 리를 왔는데 어찌 곤핍하지 않겠습니까."

"보암직하건데 하민(下民)치고는 처음부터 네 미색이 제법이었다. 너는 황실에 뽑힐 게 자명하다."

"황실이라뇨? 저 같은 게 어찌."

"상승국의 기준은 고려와 사뭇 다르다. 그러니까 고려 중신들이 딸내미를 대도에 바치고, 하층 남정은 스스로 불알을 끊고 입궁을 노리는 거 아니냐. 나도 그러고 싶구나."

"하이고 나리님도."

선소는 얼굴을 붉혔다. 그런데 궁금한 건 물어야 했다.

"혹 황실이 아니면 어디로 가는지요?"

"그거야 뭇 신하나 군장들한테 배분되겠지. 모두들 공녀를 받으려고 눈이 벌개니까. 몽골 여자들은 뻣뻣하고, 여진 여자들은 투박하고, 한족 여자들은 밋밋하다고 저들은 품평하니까."

한창 노닥거리고 있는데 중모의 시선이 목덜미를 찔렀다. 순간 평무가 손바닥을 번쩍 치켜들었다.

"아 글쎄 얘가 나하고 도망을 치고 싶다네. 나를 뭘로 보는 수작질이야."

평무의 손이 선소의 뺨을 내리쳤다. 중모의 시선이 사라졌다. 영문을 몰라 하는 선소가 손찌검으로 아픈 것은 불문하고, 군관 나리… 왜? 하며 동그란 눈으로 의아해했다. 평무는 얼른 다른 처녀들 틈으로 숨어들어 힛죽 웃어 보였다. 기가 막혔지만, 황궁이 가까워지자 왠지 제정신이 아닌 것으로 치부할 수밖에 없었다.

다들 머릿속이 뒤숭숭했다. 이제 고려와는 영영 결별이었다. 이 나라가 어쨌든 엎질러진 물이며, 새 땅 새 보금자리 아니랴. 선소는 자꾸 선하게 마음먹으려 애썼다.

황궁은 넓고도 높았다. 뜰을 분주히 오가던 변발 호복들이 구경거리가 생겼다고 우루루 몰려들었다. 고려 처녀들을 향해 무어라 농을 걸기도 하고 과장되게 손뼉을 치기도 했다. 추위가 살갗을 파고들었지만 처녀들은 한동안이나 궁궐 뜰에 서 있었다. 누군가를 기다리는 것 같았다. 그사이 지체가 높은 자들이 지나갔고 핫바리들도 스쳐 갔다. 몽골놈이 많았고 더러는 여진이나 한족 사내도 있었다. 아주 드물게 고려 냄새가 나는 사람도 보였다. 여자는 눈에 띄지 않았다.

저녁 짧은 해가 떨어질 무렵이 돼서야 처녀들은 커다란 내실로 인도되었다. 복판으로 황실 관리가 지나갈 수 있도록 두 줄로 나란히 벌려 섰다. 배가 고팠다. 그러나 관리는 쉬 오지 않았다. 누군가 기진하여 쓰러지는 소리가 났다. 순단이 사라지자 식음을 거의 않던, 순단과 한 방에 자던 초연이었다. 어차피 머릿수 맞추기는 글러 먹은 터였다. 초연을 끌어내 눈에 보이지 않는 곳으로 치웠다. 머릿결을 다듬고 얼굴색을 좋게 하라고 인솔 군관은 쉬지 않고 주의를 주었다. 안견치는 황실 호위장을 찾아가 공녀 수효가 맞지 않는 것을 변명하느라 공을 들이는 것 같았다. 그래서 자꾸 시간이 지체되었다. 하명을 기다리는 평무를 비롯한 인솔 군관들은, 어쨌든 이 위기를 돌파하려고 애꿎은 처녀들을 채근하느라 바빴다. 입궁을 앞두고 간소하게나마 유두분면(油頭粉面)하고 그들 앞에 다가올 황실 고관 앞에 서도록 조처하기도 했다.

이윽고 한 괴이쩍은 사내가 나타났다. 변발에 호복을 입었으나 어딘가 뒤퉁맞게 보였다. 사내가 가운데 통로를 조심조심 걸어오다가 문득 한 처녀를 지목하여 끌어내라고 턱짓을 했다. 선소였다. 군관은 얼른 선소를 빼내어 그에게 넘겨주고 결원의 흠결이 어떻든 무마됐구나 안도했다.

"잠자코 날 따라오기나 하거라."

선소는 그를 따라 걸었다.

낮게 긁어내는 고려말이었다. 잔뜩 움츠린 데다 떨리는 목성이었다. 고려말이 반갑기는커녕 무언가 모를 불안감이 엄습해왔다. 어디로, 누구에게로 끌고 가는 건가. 그의 소리 없는 발걸음이 직각으로 꺾인 긴 낭하를 거치더니 분합문 밖으로 나와 섬돌을 가로질렀다. 이윽고 만자(卍字) 창이 달린 어느 별채 앞 방문 앞에서 멈추었다. 몽고말로 무언가를 고지했고, 안에서 대꾸가 나왔다. '들여라.' 뜻밖에 고려말이었다. 시종이 소리 없이 문을 열고 선소의 등을 밀었다. 행동거지가 야릇한 초로의 남자가 서 있는 게 보였다. 대도 황실의 별채에 있는 비밀스러운 이 남자는 누구인가. 무엇보다 고려말을 한다. 게다가 시종을 거느리고 있다. 어딘지 모르게 절제된 얼굴이면서 회한이랄까 우수가 깃들어 있다. 선소는 문득 온몸의 긴장이 사그라드는 걸 느꼈다. 이상한 의뢰심이 솟구치면서 온 마음을 다 내려놓고 싶었다. 만리타향 높고도 어려운 땅에서 느끼는 제어할 수 없는 기대감이랄까, 안도감이랄까.

"여기까지 오느라 고초가 많았다. 이름이 뭐냐?"

문 앞에 선 채 남자가 물었다. 다정스러웠다.

"선소입니다."

"이름도 이쁘구나. 여기서 잠시 기다리면 군졸이 주먹밥을 가지고 나타날 것이니 그의 말을 따르거라."

고려 남자가 안온한 웃음을 지어 보이고 문밖으로 사라졌다. 춥지 않았다. 방 저쪽 화로에는 다 탄 숯불 재가 보였다. 조금 전까지 누군가 머물렀던 방이었을 것이다. 침상 뒤로 그림 병풍이 둘러있고 그 앞에는 꽃무늬 자리가 깔려있다. 기다리기로 했다. 행운이 찾아올 것 같았다.

곧 군졸 하나가 나타났다. 그자도 고려말을 썼다.

"이걸 먹이고, 너를 데려오랍신다."

"고려말을 들으니 새삼 반가워요. 저를 찾는 분이 누구신가요?"

선소가 주먹밥을 베어 물며 물었다.

"나도 모른다. 하여간 나를 조심조심 따르거라."

기대보다는 무뚝뚝했다. 조심조심? 선소가 의문을 달았다.

"잘못했다간 경을 친다."

경고였다. 주먹밥이 어디로 들어가는지조차 모를 지경이었다. 군졸이 앞장섰다. 문밖으로 나오니 궁궐 뜰이 어느새 어둠에 묻혀 있었다. 소리 없이 뜰을 가로지르자 작은 바위 정원이 나왔고 그 뒤로 단장 없는 쪽문이 보였다. 군졸은 조심스레 문 앞으로 가서 두어 번 자그마한 기침 소리를 냈다. 문을 열고 선소를 그 안으로 밀어 넣었다. 섬돌 위에 남자 가죽신이 놓여 있었다. 선소가 머뭇거리자 말소리를 내지 말라는 듯 손가락을 입술에 대보였다. 군졸이 다시 등을 밀었다. 누구시길래? 가슴이 복닥거렸다. 아까 그 남자가 아닐까? 아니지 대도 황실에서 고려 남정이 무슨 대수란 말인가. 그 남자보다 높은 황족? 그런데 왜 이렇게 도둑질하듯 몰래 사람을 빼내 왔을까.

"어서 들어오너라."

안에서 나지막한 음성이 새어 나왔다. 고려말이었고 목소리로는 아까 그 남정이었다. 뛰던 가슴이 금세 냉랭해졌다. 선소는 잠시 머릿속을 정돈하고 나서 살며시 문고리를 당겼다. 홍촉불이 밝히는 벽 아래로 미열을 발산하는 오동화로가 보였다. 얇은 비단으로 가려진 저쪽은 침상이었다. 화로불 앞에 앉았던 사내가 손짓으로 가까이 오라 했다. 선소가 복잡한 심사로 남자에게 다가갔다. 큰 기대는 무너졌지만 어딘지 모르게 첫인상이 싫지만은 않았었다. 모든 게 팔자라는 생각이 들면서 이 남자에게 의뢰하는 길밖에 없다는 판단이 꼬리를 물었다.

"어디에 살았느냐?"

"왕경입니다."

"왕경이라…. 모처럼 고려말로 왕 소리를 들어보는구나."

남자는 눈을 지그시 감기까지 했다. 왠지 심상해 보이지 않았다.

"선비님은 고려 어디에 사셨습니까?"

선소가 남자의 지그시 감은 눈, 주름진 이마에 대고 자그마하게 물었다.

"나도 왕경이다. 그러니 네가 혹 나를 본 적도 있겠구나."

남자가 얼굴의 주름을 펴 보였다.

"뵌 적이 없습니다."

"그렇겠지…."

남자가 중얼거렸다. 고려 여자 앞에서 '접구야'가 어색한지 제 머리를 한번 쓰윽 문질러 보고는 선소의 손을 잡았다.

"이름도 손도 참 곱구나. 내가 일러준 대로, 얼굴이 갸름하고 눈빛이 맑고 억지로 끌려온 게 아니고, 게다가 개경 처자라니 더욱 좋구나."

"뉘신지요? 참으로 궁금합니다."

"그건 알 것 없다. 내 얼굴만 똑똑히 기억해 두거라. 이 나라에서 진고생은 면할 테니."

남자가 선소의 등으로 팔을 뻗어 힘껏 끌어안았다. 동시에 남자의 입에서 옅은 신음이 새어 나왔다.

"선비님, 이것이 하늘이 맺어준 인연이라면 따르겠습니다. 그런데 뉘신지요?"

선소가 답답한 가슴을 한쪽 목구멍으로 겨우 밀어냈으나 남자는 선소를 일으켜 세웠다. 주렴으로 가려진 침상이 기다리고 있었고, 남자는 더 이상 참지 못했다. 선소의 옷을 벗기고 치렁치렁한 댕기머리를 침상 위로 뉘였다.

"정말 오랜만에 고려 여자의 살내를 맡으니 하늘로 오를 것 같구나."

남자가 미친 듯이 달려들었다. 깊숙이 혀를 밀어 선소 입안을 샅샅이 뒤졌다. 앞니끼리 부딪치는 소리가 났다. 그리고는 선소의 온몸을, 목덜미부터 발가락까지 핥기 시작했다. 킁킁거리며 연신 살내를 맡기도 했다.

"어딜 갔다가 이제야 나타났느냐?"

남자는 한탄하고 있었다. 선소의 몸을 통해 어디엔가 저항하고 있는지도 몰랐다.

"언제까지고 나를 따를 거지? 버리지 않을 거지?"

방사(房事)에 들뜬 남자의 희롱은 차라리 애원이었다.

"버리다니요? 저는 이제 갈 곳도 없는 년입니다. 언제까지고 선비님이 지켜주소서."

선소도 응대했다. 교접의 희락 때문은 아니었다. 남자란, 부끄러워하는 여자의 나신 위에서 이렇듯 정신을 잃을 때 진정 고결해지는지도 몰랐다.

"그래…."

남자가 머릿속에 뒤범벅으로 고여 있는 회한, 고통, 그리고 지금 절정으로 치닫는 희열을 남김없이 여자의 옥문 속으로 짜 밀었다.

남자가 떨어져 옆으로 누웠다. 선소는 남자의 가슴에 손을 없었다. 그런데 왠지 가련해 보였다. 허약해 보였다.

그때였다. 쪽문 두드리는 소리가 사나웠다. 남자가 얼른 일어나 옷을 주워 입었다. 사색으로 변한 초로의 주름살이 미세하게 떨렸다. 선소가 미처 옷을 다 차려입기도 전에 사나운 소리는 분합문을 열어젖혔다. 몽골 병사였다. 뒤에는 찰갑(札甲) 입은 몽골 장수가 버티고 있었다.

"이게 무슨 짓이요?"

장수가 힐문했다.

"무슨 짓이냐니? 무엄치 않으시오?"

남자는 예상 밖으로 태연하게 대꾸했다. 좀 전과는 확연히 달라진 얼굴이었다.

"그래도 아직 황태자께서 친견하지 않은 처녀들인데 먼저 빼내 와서야 되겠소?"

"이 여자는 내가 맡겠소. 태자께 전후 사정을 고하고 윤허를 받을 거요."

"그게 그렇게 뜻대로 되겠소?"

"딴지 걸지 말고 이만 썩 물러가시오."

남자가 어설프게나마 목성을 높였다.

"정 그러깁니까? 공주마마가 아셔도 무사하겠소?"

몽장이 능글능글 웃었다. 순간 남자의 얼굴이 검게 변했다. 저자들이 문을 두드릴 때의 그 안색이었다. 남자를 제압했다고 생각하는지 몽장이 명령했다.

"저년을 끌어내라."

군졸들이 달려들어, 겨우 옷매무새를 고치고 황망히 서 있는 선소를 우격다짐으로 끌어냈다.

"선비님 저를…, 저를 잡아주세요."

대답이 없었다. 남자가 쓸쓸히 뒤돌아섰을 뿐이었다.

선소는 감옥에 처넣어졌다. 이튿날 다된 저녁에 선소가 끌려 나왔다. 추위로 얼어붙은 몸을 이끌고 당도한 곳은 어제 그 방이었다. 분합문을 열고 들어섰다. 방안 화로의 뻘건 열기에 온몸이 녹는가 싶더니 꽁꽁 얼었던 사지가 근질거려왔다. 선소는 사정없이 온몸을 긁었다. 주렴 안에 앉아 있는 자가 누구인지 신경 쓸 겨를이 없었다. 그러고 싶지도 않았다.

"그게 상국 장수를 모시는 고려 여자의 관습이냐?"

몽장이 버럭 소릴 지르며 주렴을 걷어치웠다. 어제 그 장수였다. 얕은 코에 불쑥 튀어나온 이마가 제대로 보였다. 영락없는 북방 오랑캐의 귀신탈 몰골이었다. 그가 가무잡잡한 얼굴

속에 누런 이를 드러내며 다시 물었다.

"고려 여인들은 단정하고 순종적이라던데 너는 어디 피를 타고났느냐?"

선소는 대답하지 않았다. 부귀영화는 이미 깨진 쪽박 아닌가. 허공의 뜬구름을 잡으려던 꿈이 처절하게 뭉개지는 판 아닌가. 그래도 이 참경에 할 말은 따로 있었다.

"고려 여자들은 정절 있고 강기가 높다. 나라를 구하는 일에 목숨을 아까워 않는다."

고려말을 못 알아듣는 몽장이 선소를 응시하며, 참새 지저귐같이 가소롭다는 듯 더벅 다가왔다.

"고려 여자는 살결이 곱다지? 너 또한 곱고도 곱구나. 내가 어제 이미 너를 점 찍었다만, 놈이 먼저 채갔으니 네 운수가 사납지."

"어제 그 고려 사람이 누구냐?"

이 마당에 선소는 거리낄 게 없었다.

"정말 몰랐던 게로구나. 네가 너의 왕을 몰라보다니."

몽장이 혀를 차며 가증타는 웃음을 날렸다.

"왕?"

선소가 놀라 되묻고는 그 자리에 얼어붙었다. 그 충격으로 손발의 가려움도 얼굴의 화끈거림도 모두 멎었다. 멍하니 이름 모를 몽장을 바라보다가 쿵 소리가 나도록 무릎을 꿇었다. 애원했다.

"그분께, 우리 임금님께 제발 저를 데려다주세요. 아니면 제 처지라도 좀 전해 주세요."

두 손으로 싹싹 빌었다.

"내 말을 들으면 소원을 들어 주마."

"뭐든지 시키는 대로 하겠습니다."

선소의 얼굴에 눈물 자국이 길게 꼬리를 이었다. 이제 섦이 삭았는지 몽장이 은근한 말투로 명했다.

"우선 몸부터 씻고 단장을 좀 하거라."

"그럼 우리 임금님이 나타나시나요?"

"말이 많구나. 내가 명하는 대로 따르기나 하라."

선소는 분합문을 열고 옆방으로 이끌렸다. 커다란 토기 욕조에 무릎에 차일 만한 물이 담겨 있었다. 미지근했다. 몸이 녹으며 정신이 아뜩해 왔다. 선소는 이를 악물었다. 어떻게든 저자의 손아귀를 벗어나 살을 섞은 임금님을 찾아가야 한다. 목숨이 붙어 있는 한 포기해서는 안 된다. 어육이 되더라도 참고 이겨내야 살 수 있다.

몸을 씻자 몽장이 재촉했다. 주렴 속에서 그자는 이미 만반의 준비를 끝내고 있었다. 선소는 어쩔 수 없었다. 그럴 힘도 용기도 다 삭았다. 어떤 꼬라지가 되더라도 왕을 다시 뵈어야 한다. 몽장이 시키는 대로 침상에 올라 그자를 받아들였다.

그자는 별로 흥이 나 하지 않았다. 그저 만족(蠻族)이나 한족(漢族) 여자가 아닌 고려 여자의 특미를 한번 맛보겠다는 짐승 같은 욕구, 그뿐이었다. 방사를 끝내고 몽장이 선소를 바라봤다. 턱을 들게 하여 여자의 얼빠진 눈을, 그 눈에서 뿜어져 나오는 강렬한 원망(願望)을 들여다보았다. 가련쿠나, 한마디를 내뱉고 그는 문밖으로 사라졌다.

선소는 기다렸다. 왕이 나타나기를, 아니면 그 시종이라도 오기를. 눈이 빠지도록 기다렸다. 몽장에게 호의를 베풀었으니 그도 호의로 주선해 줄 거라 믿고 싶었다. 누군가의 시종을 살아도 좋았다.

잠시 뒤 누군가가 방문을 열고 들어섰다. 하급 군졸 차림이었다. 그는 말없이 화롯불을 죽였다. 촛불도 껐다. 캄캄했다. 더럭 겁이 났다. 하지만 소망을 잃어서는 안 된다. 떳떳하게 못 오실 사정이 있는 임금님. 비밀스런 총애를 베푸실 우리 임금님.

군졸이 선소의 손을 잡아끌었다. 분합문 앞 돌계단을 내려서서는 선소의 눈에 안대를 채웠다. 비밀스런 별궁으로의 야행(夜行). 선소는 그 순간 희망의 빛을 보았다. 안대 속에서는 임금님의 처소가 확연히 눈에 들어왔다. 물고기가 뛰놀았을 정원에는 초겨울 낙엽이 쌓여 있다. 사철나무가 여전히 검푸른 빛으로, 기암괴석이 어울어진 동산의 위엄을 지켰다. 비록 채단을 받고 진주부채로 얼굴을 가리지는 못할망정 그 분합문 앞에서 기다리고 계시다, 내 허신(許身)을 받아들인 임금님이….

모서리를 돌고 길을 꺾어 한참을 더 걸었다. 얼마쯤 어디를 왔는지 알 길이 없다. 답답하고 궁금했다.

"얼마나 더 가야 하죠?"

"이제 다 왔다. 너는 참으로 양처럼 순하구나."

군졸이 작은 문턱을 하나 넘게 했다. 그리고 선소의 어깨에 손을 턱 얹었다. 순간 이상한 찬 기운이 째앵 선소의 가슴을 때렸다. 머리가 쭈뼛 섰다. 선소는 얼른 안대로 손을 가져갔다. 그러나 군졸이 먼저 선소의 팔을 제압하여 결박한 뒤였다.

"왜 이러십니까? 날 어쩌려구?"

선소가 소리쳐 물었다. 입으로 재갈을 가져왔다.

"여기가 어딥니까?"

"네 죄라곤 사주팔자 사나운 거밖에 없다. 위에서 내려온 명이니 낸들 어쩔 수 없구나."

"누구의 영이요? 고려 임금의 영이요?"

"격노하신 공주님의 밀명이다. 음계에 가서도 날 원망은 말아라."

선소의 입에 재갈을 물리고 목에 오라가 걸렸다. 버틸 틈도 없이 줄이 당겨졌다. 비명도 못 질렀다. 잠시 뒤 선소는 혀를 빼물고 축 늘어졌다.

그 밤 선소의 시신은 갈포에 둘둘 말려 궁궐 암문을 빠져나갔다.

선소의 행방이 자못 궁금하던 평무가 궁성 밖 야산 구렁에서 선소의 시신을 찾았다. 묻어주기나 하려 했으나 땅이 꽁꽁 얼어 있었다. 겨우 거적때기로 덮고 돌로 눌러놓았다. 며칠 동안 식음을 접하지 못했다.

4.

고려왕에게 고려는 없다

세상 땅의 절반을 차지한 황제가 말년에 이르러 폭음과 외로움으로 죽음을 맞았다. 정작 자신을 다스릴 수 없는 공허함 때문이었을까.

왕은 긴장했다. 슬픔도 기쁨도 아니었다. 그 생구(甥舅) 관계는 창칼이며 갑주(甲冑)요, 독배며 감주(甘酒)였다. 갑주를 입고 감주를 마시고 싶었다. 달콤한 압제를 벗어나 쓰디쓸지언정 인간적인 자유를 누리고 싶었다.

이십여 년 전, 강도(江都)를 버리고 뭍으로 나온 이후 왕은 왕이 아니었다. 근 사십 년 만에 돌아온 궁궐엔 족제비가 보금자리를 틀었고 먹쥐들이 떼로 몰려다녔다. 조정 대신들에게도 왕은 없었다. 그들의 이목은 연도(燕都)로 집중됐다. 황제의 일거수일투족을 온몸으로 받아들였다. 그러면서 왕의 반응이 시원찮다고 힐난했다. 황제 앞에 전원 도열, 충성 경쟁이었다.

왕은 서글펐다. 신하들과 겨뤄 이긴다는 보장이 없었다. 아니 그럴 힘도 없었다. 고려를 떠받치던 그 많은 대소 신료들은 다 어디로 갔단 말인가. 백성들은 어이하여 내심 왕을 안중에 없어 하는가. 그런데 지금 쿠빌라이가 죽었다. 이제는 내게로 오라.

궁녀 무희를 비(妃)로 삼고 영혼까지도 사랑하고 싶었다. 얼마나 나긋나긋하고 귀여운 내 여인인가. 왕을 왕답게, 사내를 사내답게 만들어 주는 여인. 쿠빌라이의 딸, 공주의 감시가 미치지 못하는 곳이라면 이제 무희와 살고 싶다. 황실 공주 체통에 차마 딴지 걸지 못할 곳. 그런 산기슭을 송두리째 불 질러 하얗게 벗겨내면 화염에 쫓기는 짐승들이 우왕좌왕 날뛸 것이다. 무희가 좋아라 배를 움켜잡을 것이다. 무희를 붙안고 휘장에 들어가 홍염으로 따뜻하게 덥힌 살을 언제까지고 맛보고 싶다. 등성이를 넘는 화염이 검붉은 연기를 하늘 끝으로 말아 올리면, 깔깔깔 요염한 애성으로 나를 녹여주는 무희.

연도(燕都) 황궁 별채에서 보았던 선소라는 처녀가 이따금 꿈에 보였다. 만리타향에서 만리장성을 쌓다가 허물어진 처녀. 근위대 몽장이 그녀를 옥에 가둔 것까지는 알았지만 그 뒤는 통 깜깜했다. 찰갑 입은 몽장 놈의 쥐같이 불거진 눈을 보면 불길했다. 놈이 선소를 치웠을 테지만 오히려 왕에게 노골적인 눈찌를 날렸다. 공주에게서 사단이 벌어졌음이 분명했다. 그 몽장 놈이 단사관(斷事官)을 제수받아, 고려를 손아귀에 넣겠다는 야욕에 불타는 걸 왕은 알고 있었다. 공주가 선소의 행방을 알려줄 리 만무했다. 워낙 표독한 여자니까.

아버지의 죽음에도 공주는 울지 않았다. 몽골족 피가 골수에 박힌 여자다. 부족들끼리의 납치, 겁탈, 살해의 참경에도 울지 않는 몽골 피 흐르는 여자다. 뚝뚝하고 억센 근육으로 숨통을 조이는 혹한을 얼마든지 견뎌냈다. 얼어붙은 대지에 우글거리는 늑대와 스라소니를 쫓아내고 설원의 게르를 지켜냈다.

공주는 쿠빌라이의 형형한 눈빛을 잊으려 애쓴다. 어린 외손자, 내 아들 이지르부카[4]를 총애하던 그 눈빛도 잊어야 한다. '과연 고려인이 한인(漢人)보다 월등하다.' 아버지의 그런 찬탄도 메아리로 날려야 한다.

이제는 내가 나서야 한다. 스무 살 장성한, 나의 피 받은 세자, 친정아버지도 그 영민함을 찬탄한 내 핏줄 이지르부카다. 왕은 늙었다. 정사에 관심 없는, 늙다리 호색한, 부질없는 현실 도피한(逃避漢)은 이제 폐위시켜야 한다. 세자가 왕위를 이을 때 비로소 진정한 번영이 도래할 것이다. 이것이 상승국 공주로서의 규범이요 사명이고, 몽골의 위대한 연원이다. 세상을 굴복시킨 힘이다. 다루하치들은 물론 고려 대신들이 내 발앞에 부복하는 것은 언제까지고 당연하다. 옆자리에서 힘없는 눈동자로 뻔히 바라보기만 하는 왕이라는 존재가 가엾지도 않다. 이 나라의 실질적인 통치자는 공주 나 자신이라고 믿어온 바에 하자는 없다.

그런데 정화궁주의 저주일까. 문득 몸둥이가 천근만근이다. 늙은 왕은 호색으로 밤을 지새우는 데 한창 나이, 마흔 고개

4 고려 충선왕의 아명.

에 자꾸 숨이 찬다. 대도(大都)에서 명의에, 명약을 급히 보내왔지만 차도가 없다.

어서 세자에게 짝을 지어줘야 한다. 세자의 혼인식은 마땅히 황궁의 광조전이다. 뭇 왕의 축하와 풍악 가무 속에서 성대히 치러야 한다. 세자비로 간택한 영왕의 딸도 잘 길들여야 한다.

세자가 장가를 들었다. 원나라에 가고 오는 길이 몸을 더욱 망가트렸다. 개경에 이르자 탈진이 되고 말았다. 정화궁주의 저주가 임하는가. 임금을 독차지한 무희를 죽이지 못한 게 한이다. 공주는 숨이 멎으면서도 되뇌었다. 아, 밉다, 이 고려 여자들.

세자가 급거 귀국했다. 개경에 이르러 어머니 상을 치르기도 전에 궁녀 무희를 잡아들였다. 어머니의 원한을 칼로 대신 쳐죽였다.

왕은 황망했다. 첫 여자 정화만큼은 지키고 싶었다. 아들에게 간곡히 빌었다.

무고와 참소가 난무하는 아사리판 왕경에서 아버지 말대로 그나마 착하고 범절 있는 여자라고 여겼을까. 세자는 그녀의 목을 치지는 않았다. 왕은 그녀를 다시 궁으로 들어오게 해

달라고 아들에게 애원했다. 아들은 가타부타 말없이 대도로
돌아갔다.

부자의 권위가 바뀌었다는 풍문이 길거리를 떠다녔다. 몽골
피를 받은 아들이 고려 순혈의 아버지를 어떻게 처리하는가
백성들이 숨을 죽였다.

흉흉한 민심을 칼날로 도막 내며 원(元)나라 사신이 당도했
다. 왕의 파직이었다. 왕은 순순히 보따리를 쌌다. 세자가 새
왕으로 공인되어 황궁으로부터 당도했다. 새 왕은 모후의 바
람대로 아버지를 꾸짖었다. 다루하치 눈 밖에 난 대소 신하
사십 명의 주리를 틀고 가슴에 칼을 꽂았다. 피바람은 예성강
을 따라 미친 바람으로 나부꼈다. 피가 다 말랐는지 겨우 광
풍이 멎었다. 따뜻한 봄바람이 부끄러이 그 뒤를 이었다.

새 왕이 사림원(詞林院) 학사승지(學士承旨)를 불러들였다.
약관 스물세 살 왕의 눈에는 이상한 총기가 어려 있었고, 학
사는 그것을 직시했다. 자신을 팽개치고, 퇴락의 늪에서 허우
적거리던 주름지고 맹한 상왕의 얼굴이 아니었다.

"과인이 서책을 특히 가까이하노라. 학사승지는 내 명을 출
납함은 물론 글을 다듬어 세상을 밝히는 막중한 임무를 가졌

도다. 앞으로 그대는 과인에게 모든 걸 숨김없이 직언하라."

왕은 어떤 면에서 상왕에 비해 총명하고 예리해 보였다. 승지학사는 몸을 더욱 구푸려 어지를 받들었다. 바야흐로 궁성에 나부끼던 살육의 피비린내가 멈췄음에 안도했다. 다음날은 사림원 학사들을 모두 불러 모았다. 왕이 대도(大都)에서 가져온 말안장을 나누어 주었다. 고귀한 금잔에 술을 따라 내렸다. 학사들은 황공하여 숨이 멎을 지경이었다. 술이 몇 순배 돌았다. 생각이 많은지 왕의 말도 많아졌다.

"과인은 고려 왕이지만 심양에도 관심이 많지. 구불구불 좁은 반도 땅하고 끝없이 광활한 요동 땅을 함께 관장한다 말이지. 반도에서 농사짓는 고려족이나 요동 땅에서 말달리는 여진족이 모두 내 손에 있단 말이야. 그런데 내 몸속에 흐르는 피는 몽골과 고려가 반반 아닌가. 여진보다는 고려에 애착이 크다 이 말이지."

학사들은 왕의 기묘한 화술에, 진기한 책을 대하는 것처럼 빠져들었다.

"고려가 어쩌다 이 모양 이 꼴이 됐을까. 대원(大元)은, 징기스칸 할아버지로부터 피비린내 나는 살육과 정복의 위업으로 탄생됐지. 내 외조부 세조 황제의 숭고한 덕망과 관대한 치세

술로 그 뒤를 닦았고. 하지만 무엇보다 백성들의 용맹한 기질이 본바탕이 된 거야. 사나워지지 않으면 아내와 딸을 빼앗겼고 가축을 잃었고 죽임을 당했어. 어떻든 죽음은 면해야 했지. 그래야 빼앗긴 것을 되찾았고 원수의 그것들을 역으로 노획해서 번영을 누릴 수 있으니까. 이 얼마나 아찔한 살육전인가. 쿠빌라이 황제가 붕어하신 뒤 황위 다툼으로 각축하는 걸 봐. 죽고 죽이는 연속이야. 그러다가 패권을 잡은 형제 중 하나가 천하를 다스리는 거지. 한 치도 이완됨이 없이 정교하게 치리하면서 권위를 하늘에 견주는 거지. 나는 내 몸에 몽골 피가 섞였다는 게 자랑스러워. 연경 궁궐에 가면 새 힘이 솟는 걸 느껴. 그건 말하자면 환골탈태의 환희지. 그러면서 내 반분 이 검은 사마귀만 한 고려 피가 때로는 가증스러울 때가 있어."

왕의 심중이 차츰 벗겨지는 걸 보고 학사들의 얼굴이 굳어졌다. 왕도 그것을 보았다. 아무리 술기운이라 해도 이건 왕이 신하들에게 대놓고 할 말은 아니라고 판단하는 거 같았다. 그래선지 왕이 의미도 없이 껄껄 웃었다. 앞에 앉은 학사들을 위무할 의도가 분명하게 화제를 돌려 아버지를 비난하기 시작했다.

"부왕은 사냥에 빠져 매 사육하는 응방에 과도한 권한을 주었지. 상승국이 특별히 요구한 것도 아닌데 말이지."

전왕이 비록 늙었다고는 하나 눈을 뜨고 엄연히 살아 있다. 아직은 자색 도포를 입은 왕 옆에서 황색을 입은 전왕이 서성거리는 궁중이다. 아슬아슬했다. 몽골에서는 아들이 아버지를, 아내가 남편을 매질하는 것도 드문 일이 아니라고 들었건만 여기는 엄연히 고려, 저건 망발이다.

학사 하나가 꿈쩍, 하고 허리를 틀었다. 승지가 얼른 고개를 돌려 눈짓을 보냈다. 그 학사는 입을 다물었다. 왕이 눈치채지 못할 수가 없었다. 넓지 않은 방이었고 좁장한 탁자였다. 왕이 그냥 넘기지 않았다. 그 학사를 지목하고 이미 알고 있을 터였지만 이름을 물었다. 이건 추궁이었다. 학사는 떨지 않았다. 관등성명을 또렷이 고해 올렸다. 학사 월수였다.

"아들이 아버지를 비판하는 건 고려에서 상상도 못 할 일이지. 그러나 비판하지 않고는 극복할 수 없지. 그대들이 전왕의 횡포에 눈감지 않았다면 내 얘기에 귀를 기울여야지. 과인이 방금 말하지 않던가. 각축의 세계, 그 마당으로 나가야 발전이 있는 거라고. 그런데 거기서 이기는 원천이 뭐겠나? 힘이지. 약자가 어떻게 강자를 굴복시킬 수 있겠나."

왕이 월수를 슬쩍 흘겨보았다. 승지학사가 송구해 죽겠다는 표정을 지어 왕을 누그러뜨리려 애썼다.

"무엇이든 직언을 하라고 분부하신 윤음을 저 학사가 오해했습니다. 용서하옵소서."

승지 학사가 의자에서 일어나 깊숙이 허리를 굽혔다. 이 마당에 월수도 따라서 구푸리지 않을 수 없었다.

"과인이 바야흐로 고려의 왕이야. 대도 황실이 부여한 작위(爵位). 여북하면 아버지가 양위를 자청했겠나?"

"그러하옵니다."

이론의 여지가 없었다. 왕이 누그러졌다.

"과인이 사림원에 보낸 책을 학사들이 먼저 일독하고 다른 대소 신료들에게도 읽혀야겠지."

"머나먼 상승국에서 그 많은 서책을 가져오신 건 우리 신하들의 홍복입니다."

승지가 응대했다.

"저는 이미 한 권을 독파했습니다."

다른 학사 하나가 덧붙였다.

"과연 고려 신료들은 문을 숭상하는구먼. 책은 얼마든지 가져올 수 있지. 문자벽(文字癖)을 넘는다면, 한족(漢族)의 넋두리 사상, 여진족의 가시덤불 속 미생(迷生), 몽골의 용맹 무쌍한 기상을 두루 섭렵할 수 있겠지."

"만권독(萬卷讀)으로 통달한 주상 전하의 탁견이 그저 경외스러울 따름입니다."

승지가 대구를 달듯 뒤를 이었다.

"만권은 무슨. 여태껏 삼천 권이나 읽었을까?"

"그게 어디 범인으로서 가당하겠습니까. 저희는 수백 권도 접하지 못했습니다."

"겸양이겠지. 모름지기 학사라면 책 읽는 게 본업이지. 그래야 세상을 밝히지."

"황공하옵니다."

승지학사가 고개를 숙였다.

술이 한 잔씩 다시 따라졌고 취기가 무르익었다.

"대도의 술은 여기 것보다 독합니다."

불카한 얼굴로 술을 목구멍으로 넘기며 왕의 심기를 누그러뜨리려 월수가 말했다.

"사람도 독하지. 한번 물었다 하면 절대 놓지 않아. 과인이 조정에서 그대들을 처음 붙잡았으니 용심 전력 나를 따라야 하리."

"전하, 황공무지하옵나이다."

"이 주전자가 빌 때까지 주담을 나누자꾸나."

왕이 기분을 풀었고, 신하들은 어쨌든 왕을 찬양했다. 월수
는 생각했다. 상왕이 주야장천 사냥질에 빠졌어도, 그 길목에
뼈라도 묻어 왕의 말발굽을 걸겠다고 나서는 신하 하나 없는
조정. 이걸 어쩐단 말인가.

5.

숨어라 꼭꼭

송악산에 송충이 들끓었다. 숭숭 돋아난 털을 주름잡으며 빨간 대가리들이 솔잎을 갉아먹어 치웠다. 산이 발갛게 죽어 갔고 햇살은 뜨거웠다. 송충이 구물구물 마을로 내려왔다. 궁궐 담장도 떼를 지어 넘었다. 예성강의 물고기들이 허옇게 죽어 자빠졌다. 강물 속에서 독초가 독을 뿜어낸다는 둥, 멍석말이만 한 이무기들이 밤마다 요동을 친다는 둥 겁먹은 민심이 문을 걸어 잠갔다.

칠 개월 만에 아이들 소꿉놀이 마냥 아들을 물리치고 다시 왕위를 차지한 아비 왕은 또 사냥질에 나섰다. 응방에서 살코기를 먹여 키운, 사람말 잘 듣는 매, 해동청을 앞세웠다. 백여 필 말과 수백 군졸이 뽀얀 먼지를 일궜다. 연도의 백성들이 위용에 놀라 물러서면서 하늘을 쳐다보았다. 해가 이글거렸다. 하늘이 비명을 지르는 것 같았다. 아니 하늘의 꾸짖음이 이렇게 땡볕으로 사람의 살갗을 찌르는 것 같았다.

담벼락마다 송충이 구물거렸다. 이젠 잡을 생각조차 잊었다. 메마른 도랑에서 진흙 썩는 냄새가 진동했다. 그 위 석교(石橋)를 사냥터로 달리는 왕의 휘장이 지나갔다. 임진강가 도라산까지 행차다. 햇볕에 타 죽은 곡식 밭을 짓밟아도 상관없다. 이번에는 며칠, 아니 몇 달이 걸릴지 모른다.

왕의 행렬이 지나가자 먼지가 내려앉고 백성들은 각자 제 살아날 궁리에 뒷머리가 땅겼다.

순마소 순군이 떴다. 진흙고개를 넘어 곧장 마을로 들어왔다. 민가에서는 대문에 빗장을 지르고 사립문을 닫았다. 순군들은 음험한 목청을 뿌리며 길바닥을 훑었다. 겁을 먹은 아비어미들은 방문고리를 잡고 부들부들 떨었다. 처녀들은 몸을 숨길만 한 곳이면 어디든 파고들었다. 벽장 속, 다락 위, 마루

밑은 위험했다. 독 안으로 집어넣거나 섶뙈기에 구겨 넣고 새끼를 동여맸다. 그래도 귀신같이 순군들은 처녀를 찾아냈다. 고려 처녀에게서는 무슨 특이한 냄새가 나는지도 몰랐다.

사립문을 뜯어 엎을 듯 순군들이 들이닥쳤다.

"이 집에 열미라는 처녀가 살고 있단 걸 알고 왔다."

방에 대고 순군이 외쳤다. 잠시 뒤 뒤꼍에서 늙수그레한 여자가 벌벌 떨며 나타났다.

"우리 앤 이미 정혼했수다."

"그 애가 몇 살인데 앙살을 떨어?"

한 군졸이 억패듯 소리 지르고는 뇌까렸다.

"뒤꼍에 숨겨 났나 보다."

서넛이서 우르르 달려갔다. 장독을 열어보고 허물어진 굴뚝을 들여다보아도 처녀는 없다.

"우리 앤 처녀가 아니요. 새색시란 말요."

정신을 차린 어미가 뇌까렸다.

"그럼 왜 문을 처닫고 지랄이여?"

"무서우니깐요⋯."

말끝도 맺기 전에 순군들이 방문을 벌컥벌컥 열어젖히고 신발 채로 난입했다. 미닫이를 젖혀 보고 이불자락도 내동댕이쳤다.

"정혼을 했으면 떳떳이 나타날 것이지 왜 숨고 난리 범버꾸여?"

군졸 하나가 썽을 냈다.

"정혼한 색시도 수틀리면 잡아간다 들었오."

"그래서 딸내미를 어디 숨겼냐구?"

창끝이 어미의 팔소매를 툭툭 쳤다. 하지만 어미의 얼굴은 변색 되지 않았다. 목소리가 한층 꼿꼿해졌다.

"숨기긴요. 어제 제 정혼한 총각한테 갔시다."

어미가 노려보았다. 그 기세가 당당했던지 순군들이 입맛을 쩍 다시며 돌아섰다. 겨우 햇빛이 눈에 들어왔다. 어미는 흙 봉당 디딤돌 아래 풀썩 주저앉았다. 이런 꼬락서니를 면하려고 외꽃이 지기도 전에 여식애 혼처를 찾아 나서는 세상 아니냐. 아직도 간이 떨리고 수족이 서늘했다. 뒷간에 몸을 숨기고 있던 늙은 아비가 다가왔다.

"임자, 놈들이 갔어?"

아비는 잔뜩 겁먹고 있었다.

"어차피 이판사판, 될 대로 되라는 거 아니겠수? 얼른 아이부터 꺼냅시다."

아비와 어미는 뒷간 한구석 잿더미를 파헤쳤다. 뚤뚤 말린 짚단이 보였고 그 아래 죽은 듯 엎드린 사람 형체가 보였다. 시집 안 간 처녀가 보였다. 금이야 옥이야 열여섯 해를 길러온 딸이 보였다. 잿더미를 파헤치는 어미의 눈썹이 분노로 흔들렸다. 파내어진 딸이 옷에 묻은 재를 털어내며 오히려 어미를 일으켜 세웠다.

"되짚어 오진 않겠지?"

독을 품은 목소리로 어미는 혼잣말로 중얼거렸다. 뒤이어 딸을 떠밀어 뒤꼍으로 돌아갔다.

"안 되겠다. 니 외삼촌이 사는 봉주로 가 숨거라."

"거기라고 뭐 안전할라구?"

아비는 기가 꺾여 있었다.

"그래도 여기 개경보단 싸댕기는 순군들이 적을 거 아뇨."

어미가 목심줄을 붉혔다.

"처남이 얘를 반기겠소? 처녀들이 다 짐짝이 된 세상인데."

아비가 남의 일처럼 혀를 끌끌 찼다.

"그럼 저 여리디여린 걸 제 언니처럼 또 그 지경을 만들어웃?"

어미가 지아비에게 삿대질을 놓았다. 공녀를 떠올리기만 해도 억장이 무너졌다.

"왜 나한테 분풀이요?"

"임자 말따구가 그렇잖아요. 개돼지 취급받는 게 뻔한데, 당신이 그 년을 사지로 처넣지 않았소?"

어미는 바락바락 악을 썼다. 듣다못해 딸이 나섰다.

"제가 깜냥껏 피할 테니 상심들 거두세요."

그러면서 머리칼에 남은 재를 털었다.

"가을까지 기다릴 것도 없다. 냉수나 한 사발 떠 놓고 얼른 초례를 치르자꾸나."

어미는 조바심이 났다. 그런데 그 신랑 자리 동아란 놈은 어디로 꺼졌단 말인가. 삼 개월째 감감무소식이다.

"그런 얼치기 혼례를 나라가 알면 혼구녁이 난단 걸 모르시나?"

아비가 체념 투로 중얼거렸다. 순간 어미가 지아비한테 달려들어 멱살을 잡고 말았다. 물어뜯어도 시원찮다. 선소를 생각하면 꼭뒤가 곤두서는 판인데 이 지지리 못난 양반이 자꾸 헛소리를 내지른다. 애아비 아니 이 나라의 남정으로서, 아무리 짓밟아도 꿈틀할 줄도 모른다.

"내, 내가 뭐 틀린 소릴 했다구…."

아비가 아내의 멱살 잡은 손을 떼어 놓으며 한걸음 물러섰다. 땅바닥에 주저앉은 어미가 선소야, 선소야, 끄으끄으 울음을 짜냈다. 아비도 가슴이 미어지긴 마찬가지다. 딸을 지키지 못한 아비가 맞다. 꿈틀, 할 줄도 모르는 아비가 맞다.

6.

흙을 뜯어 먹다

가뭄에 목이 말랐다. 예성강이 진흙 바닥을 드러냈다. 송충이 솔잎을 죄다 갉아먹었다. 송악산에서 불어 내린 열풍이 초가를 불태웠다. 벌건 웃통에 배꼽을 드러낸 채 죽은 시신이 길거리에 보였다. 서운관(書雲觀)에 명하여, 개경 진산(鎭山) 송악산 정수리에 올라 기우제를 지내게 했다. 먼지잼만 하고 하늘은 도로 말짱해졌다. 더위 먹은 백성들이 배고픔에 질려 거리로 나왔다. 시체 곁에서 길고양이건 황구 새끼건, 역시 맥없이 늘어진 놈들을, 닥치는 대로 붙잡아 털을 그슬었다. 그 고기 한 점을 두고 쌈박질이 벌어졌다. 그 차지에 끼지 못하는 약골들은 남산 기스락 찰흙밭으로 가 그걸 뜯어 먹었다. 한 사내가 외쳤다.

"우리끼리 죽기 살기로 아귀다툼하지 맙시다. 이건 필시 하늘의 뜻이요."

노길이라는 사내였다. 본태는 딱 바라진 어깨였을 성싶었으나 이제는 구부정한 허리에 듬성듬성한 구레나룻 사이로 먹물 푼 것처럼 얼굴빛이 까맸다. 콧날은 주저앉았고 눈빛은 흐리멍덩했다. 저 외침이 정말 저자의 입에서 튀어나왔을까 싶어 사람들이 고개를 쑤욱 빼보았다. 노길이 다시 팔을 뻗어 올렸다. 팔뚝이 가늘었다.

"하늘의 뜻을 따르는데 누가 우릴 어쩌겠소."

웃겼다. 버마재비가 수레바퀴에 대드는 꼴 아닌가. 사람들이 다시 퀭한 눈으로 하릴없이 뙤약볕을 바라봤다. 비가 쏟아지고, 논밭에 물을 대고, 곡식을 심어 가꿔야 할 철이었다. 어떻게 하늘의 노여움을 풀고 민초들이 생기를 찾을까.

"내 말을 우습게 듣지 마시오. 날 좀 따르시오."

노길이 다시 외쳤지만 사람들은 여전히 시답잖아 했다. 오히려 더위 먹은 사람이라고 무시해 버리고 싶었다.

"응방으로 달려갑시다. 거기 창고엔 양곡이 산처럼 쌓여 있습니다. 매가 사람보다 중합니까? 응방 놈들이 우리한테서 수탈해 간 곡식을 되찾아야 굶어 죽지 않습니다. 이게 하늘의 뜻 아닙니까? 응방이 허물어지면 매들이 하늘로 날아오르고 그러면 비가 쏟아질 겁니다."

기력이 다하여 목소리는 차츰 작아졌지만 응방이란 말이 나오자 사람들이 은근히 귀를 기울였다. 응방 놈들 설치는 꼬락서니에 눈까리 안 돌아간 놈 어디 있으랴. 사람들의 시선이 노길을 향했다. 몇몇은 그를 뚫어 보았다.

"어떻게 그런 생각을 다 하셨소?"

"그런데 그게 쉽게 될까요?"

"응방은, 왕이 문하성보다 더 떠받드는 걸 모르시우?"

굶주린 뱃가죽으로 한 마디씩 던지면서 찜찜한 구석을 애석해했다.

"이대로 죽을 수는 없잖소?"

노길의 목성엔 문득 물기가 비쳤다.

"하늘의 뜻을 받은 사람이 당신이우?"

나중에 나타난, 민머리에 남루한 괴색 장삼 차림인 객승(客僧)이 노골적으로 비웃었다. 스님이라기엔 어딘가 한 맺힌 사연을 풀 길 없는 방랑객 같았다. 깔꾸정한 눈이 우물 속처럼 깊었다.

"하늘을 거역할 자가 어디 있을라구요. 곧 응방 창고가 허물어지고 응방놈들이 거꾸러지는 날이 올 거요."

중얼거리면서 노길은 비질비질 눈물을 짜냈다.

"용기는 가상하다만 당신 스스로 묘혈을 파고 있소."

"위태할수록 속으로는 기와집을 짓는단 걸 스님은 모르시오?"

"자세히 보니 당신을 알 만하오. 예성강 구당사(勾當使) 밑에 있는 수부(水夫) 아니요?"

"이젠 다 때려치웠시다."

"무슨 사연이 있나 본데, 웬만하면 그만 접으시오."

"스님이니까 해탈을 했다는 거요? 그 가식이나 벗으시오. 스님이면 인충의 고통도 헤아려야 할 거 아니요."

노길이 쏘아붙였다. 객승 차림의 사내가 주문을 외며 돌아섰다. 허청허청 힘없는 발걸음이었다. 노길 주위에 모여 섰던 사람들도 뿔뿔이 흩어졌다. 노길이 땅바닥에 주저앉았다. 그냥 이대로, 응방 놈들이 한 바가지 양곡도 남김없이 박박 긁어갈 때처럼 이 목숨을 하늘이 끌어갔으면 싶었다.

달도 없는 칠흑 어둠이었다. 대낮의 열기가 식어 숨돌릴 겨를이 생겼지만 배가 고팠다. 아들 잇태 놈은 사흘째 굶었어도 먹거리를 찾아 집 밖으로 나가기를 싫어했다. 절름발이 신세에, 주리면 주리는 대로 버티다가, 눈을 감는 수밖에 없다고 생각하는 놈일 시 분명했다. 노길은 답답했다. 육신은 무너지는데 생각은 점점 많아지고 날카로워졌다. 낮에도 그거였다. 그 송곳을 꺼내 누구라도 한번 찔러봐야 살 것 같아서 토해낸 소리였다. 소리가 뻗어 나가 남의 귀에 닿고, 거기에 송곳이라도 매달고 있으면 고막을 뚫고, 가슴을 꿰뚫을 거라 믿었다. 하지만 목소리는 허약했고 그건 망상에 불과했다. 잇태 놈과 함께 목숨이 끊어져 바위처럼 굳어지고 싶었다. 땅에 묻지도 불태우지도 못하는 몸체. 그렇게라도 존재해 있고 싶었다. 복수하고 싶었다.

누군가가 거침없이 사립문을 열어젖혔다.

"노길이 이놈, 나오너라."

불호령이 문살을 때렸다. 잇태가 움찔하며 겁을 먹었다.

"누구냐?"

노길이 벌떡 일어났다. 살아 있음의 증표였다. 마음을 도사렸다.

"아주 도도한 놈이로구나."

발자국과 호롱불 빛이 섬돌 밑으로 다가왔다.

"이 악질 놈들."

노길이 오히려 이를 시리물었고 문지방을 성큼 넘었다. 순마소 군졸이었다. 뒤에 두 놈이 더 버티고 있었다.

"가뭄이 드니 여기저기 미친놈이 발호하는구나. 네놈을 잡으러 왔다. 손목을 내밀어라."

군졸이 이빨을 으물었다.

"굶어 죽으나 잡혀 죽으나 매한가지다. 호의호식하면서 왕의 똥짐만 지고 다니는 네놈들이 오히려 가엾다."

"듣던 대로 정말 실성했구나. 묶어라."

명령이 떨어지자 졸개들이 달려들어 무릎을 꺾고 팔을 비틀었다. 손목이 벗겨지도록 오랏줄을 홀쳐 맸고 줄은 목을 한 바퀴 감고 겨드랑이를 지나 등 뒤에서 옭매듭을 만들었다. 뼈만 앙상한 팔뚝이 호밋자루마냥 꺾인 채 갈빗대에 붙었다.

"왕을 욕한 죄다."

"살아도 산 게 아니다. 목에 거미줄 치기 전에 차라리 잘됐다."

노길의 입꼬리가 올라갔다.

"잇태 네놈도 한 많은 이 세상 미련 갖지 말아라."

뒤를 돌아보며 여유 있게 외치는 걸 봐서는 억지웃음이 아니었다.

"이놈이 정말 실성했네. 저 히죽히죽 웃는 것 봐."

한 군졸이 혀를 찼다.

"압송해라."

노길이 울 밖으로 끌려 나갔다. 아니 제 발로 걸어 나갔다. 비로소 잇태가 문지방을 넘어 돌층계로 내려섰다. 아버지가 사라진 쪽은 캄캄절벽이었다. 아버지를 뒤따라가 군졸들을 때려눕히는 환상이 스쳐 갔다. 하지만 어림도 없다. 그들은 억센 팔에 장창까지 들고 있다. 통사정을 해봐도 소용없을 것이다. 순마소의 명이라면 길길이 뛰는 호랑이도 얌전해진다고 하지 않던가. 손이 발이 되도록 빌기라도 하려면 진작 아버지가 오라에 묶일 때 그들 팔에 매달렸을 것이다.

잇태는 방 안으로 되돌아가고 말았다. 캄캄한 밤에 내 집 바람벽조차 문득 낯설고 무섭다. 군졸들이 곧추세웠던 가지창의 날카로운 부리가 자신을 향하고 있다. 창날에 햇빛이 어른거리고 반사광이 눈부시다. 그래선가, 한순간 무섭다기보다는 문득 편안하다. 손으로 자루를 잡아보고 날과 부리를 어루

만져 보고 싶다. 갖고 싶다. 모기떼들이 얼굴이며 등짝을 물어댄다. 사타구니 사이로 노래기가 벌벌 기어간다.

창은 절름발을 지켜줄 것이다. 그러나 불감생심, 그 뉘가 창을 쥐어주랴. 잇태는 방구석에 틀어박혀 나무를 깎았다. 지게 작대기만 한 박달나무였다. 옹이도 없고 흉터도 없는 놈이었다. 칼을 만들 것이다. 비록 쇠붙이가 아니라서 챙챙 쇳소리 내는 이검(利劍)은 못될망정, 단단하고 가벼운, 고달 깊은 목검이라도 만들리라. 개죽음 앞에서 정강이뼈는 부지할 수 있을지 모른다. 아버지는 한 많은 세상, 미련 끊으라고 했지만 그건 정반대의 골수를 그렇게 억장에 담았으리라.

응방녹사들이 길거리에 떠도는 머슴애들을 후려 매사냥터로 끌고 갔다. 잇태도 그 속에 섞여 있었다. 왕이 노상 잘 가는 마제산 기슭이었다. 천여 명 호위 경사(京師)들이 휘장 주변을 엄위하고, 몰이꾼으로 붙들려온 머슴애들은 사방 십 리 허 산기슭 요소요소에 박힌다. 야지(野地)에 풀어놓은 마필들이 날뛰고 농부들은 멀리서 망가지는 곡식밭을 바라보며 가슴을 친다. 왕은 산기슭에 불을 질러 사냥감들에게 겁을 주라고 명한다. 응방도감의 보살핌 아래 잘 훈련된 수진이가 하늘을 향해 연신 날개를 퍼득인다.

암릉은 별로 위태롭지 않았지만 기슭을 벗어나면 경사가 가팔랐다. 불길이 잦아들면서, 혼비백산하는 사냥감의 진로를 잇태 따위 몰이꾼이 방해해야 한다. 목표물을 찍은 매가 솟구쳐 올랐다가 수천 보를 소리 없이 날아가 발톱으로 사냥감을 찍을 때까지 사냥개들과 함께 매를 도와야 한다.

오늘따라 산짐승들이 깊은 굴속으로 잠적해 버린 것 같다. 녹사들은 잇태 따위에게 사냥감 몰이를 채근했다. 잇태 따위가 경사 높은 기슭을 기어올랐다. 그 뒤는 펑퍼짐한 바위였고 그 끄트머리는 서너 길 직벽임을 몰랐다. 마침 잇태 발 앞을 노루 한 마리가 허겁지겁 스쳐 갔다. 저쪽 몰이꾼을 피하여 달려온 놈이었다. 잇태는 재빨리 노루를 따라붙었다. 노루 꼬리가 황색 풀덤불 속으로 사라졌다. 잇태는 반사적으로 덤불로 발길을 내던졌다. 그런데 허공이었다. 잇태의 앞발이 풀줄기에 걸리는가 싶었는데 속절없이 넘어지고 말았다. 뒷무릎이 꺾이고 몸통이 휘어지면서 서너 길 아래로 처박혔다.

단말마 같은 비명을 지른 것 같았지만 아무것도 생각나지 않았다. 머리가 쇠뭉치처럼 무겁고 한쪽 다리가 퉁퉁 부어 있었다. 적삼 등짝과 바지가랑이에 핏물이 선명했다. 시체와 별반 다르지 않은 잇태를 사냥개 한 마리가 지켰다. 컹컹 짖어서 사람이 죽어가고 있음을 산 전체에 알렸다.

열흘 뒤부터 겨우 일어나 앉을 수 있었지만 두 다리는 뜻대로 따라주지를 않았다. 한 달 뒤, 비록 굶주린다고는 하나 한창 발양머리 나이에 다리 병신이 된 걸 알았다. 응방 녹사가 찾아와서 첩약 세 봉지를 내밀었다.

"다 네 팔자소관으로 알아라. 응방에서 하는 일을 거들다 이렇게 됐으니 그게 다 전하를 위한 충성이다. 전하께서 상을 내리실 게다."

잇태가 듣건 말건 시불거리다 돌아갔다. 그런데 그들을 따라온 예의 그 사냥개가 돌아갈 생각을 않고 꼬리를 흔들었다. 녹사는 억지로 개를 끌고 갔다. 낑낑거리면서 개는 연신 잇태를 돌아보았다.

그들은 다시 오지 않았다. 임금이 찾지도 않았다. 기대를 버리는 게 다리보다 더 아팠다. 병신 다리로 왕을 칭송하기는 싫었다. 방에 틀어박히는 게 편했다. 그런데 예의 그 사냥개가 나타났다. 응방 관리 대신 돌아왔다는 듯 놈은 잇태 몸 냄새를 맡고 아픈 다리를 핥았다. 바가지에 물껏을 타주자 단숨에 먹어 치우고는 잇태 옆에 다리를 모아 앉았다. 사람도 궁한 판에 짐승 줄 게 어디 있느냐며 노길이 개를 쫓아냈다. 그러나 언제 그랬느냐는 듯 개는 다시 잇태 옆에 붙었다. 이건 인력으로 뗄 일이 아니다 싶었다. 노길도 개 머리를 쓰다듬기 시작했다.

개도 인정을 아는데, 사람이, 녹을 먹는 관리가 이럴 수 있느냐고 노길은 분을 삭이지 못했다. 평소 안면이 있는 만만한 녹사를 붙들고 하소연해 봤으나 병신 자식이 멀쩡해질 수는 없었다. 왕의 사냥터 행사가 더 빈번해지고 화려해지는 걸 멀찌감치서 지켜볼 수밖에 없었다. 왕 옆을 차지한 애희(愛姬)의 교성이 휘장을 넘어 뜨거운 하늘을 간지럽혔다. 속에 열불이 났지만 왕은 왕이다. 왕 노릇이 그런 것이다. 웃으라면 웃는다. 춤추라면 춤추고 벗으라면 벗는다. 낮이고 밤이고, 사람이 있고 없고 상관없다. 매보다 못한 인충이다. 휘장 밧줄에 오연히 앉은 매의 눈이, 야릇한 낯바대기로 알궁둥이를 드러낸 애희를 노려본다. 매가 입맛을 다신다. 봉긋하게 솟은 젖무덤의 꼭지를 한 부리에 물어뗄 수 있다. 사타구니에서 덜렁덜렁 춤추는 왕의 양물도 한 발톱으로 찍어낼 수 있다. 개경 민가(民家)까지 유유히 날아가 인적 많은 길바닥에 내던질 수 있다. 지나가던 개가 물어다 씹을 것이다. 아니 굶주린 백성이 주워다 구워 먹을 것이다.

7.

차라리 노상 강도라도…,
어머니는 눈물을 보였다

평무는 아버지를 모른다. 홀어머니는 바느질로 생계를 꾸렸지만 솥에 물을 들이는 날이 사흘이 넘을 때가 많았다. 얼굴이 노랗게 마르고 눈에 헛것이 보이면 만단 무릅쓰고 동냥바가지를 들고 나갔다. 그럼에도 평무는 키가 쑥쑥 자라고 뼈대가 굵었다. 어디서 우연히 왕씨를 받았을 거라고 이웃은 비아냥댔다.

늘 배가 고파 헐떡거리던 평무는 높은 기와집을 보면서 한

번 쳐들어가고 싶다는 생각을 문득문득 갖기도 했다. 하지만 그건 목숨을 걸지 않고는 안 되는 일임도 알았다. 어미는 평무를 다독거리며 진정시켜야 저 아이가 장차 사람 구실을 할 수 있겠다 여겼다. 사정사정해서 글방에 넣을 수 있었다. 뱁새가 황새를 따라가다가는 가랑이가 찢어져도 싸겠다는 조롱을 들었지만 글공부를 시키려면 마다할 짓이 없었다. 누구의 달첩으로 사느니, 서방이 셋이니 넷이니 손가락질들이었다.

인중 언저리에 잔털이 돋을 즈음 평무는 어머니의 처지를 눈치채고 글공부를 끊었다. 집을 나왔다. 임진강을 따라 하루를 걸으니 송악산이 보였고 고대광실이 많았다. 하지만 길이나 구정(毬庭)에는 뼈만 앙상한 자들이 득실거렸다. 그들은 하늘만 쳐다보고 있을 뿐 누구와 말을 섞는 것조차 귀찮아했다. 평무도 속절없이 그 무리에 묻어 들게 생겼다. 어머니가 떠올랐지만 잠시 그뿐이었다. 그런데 그때 평무를 유심히 훑어보는 순마군관이 있었다. 허우대가 우뚝할 뿐 아니라 뜯어보니 외양과 달리 눈매도 맑은 장정이었던 것이다. 그가 턱짓으로 평무를 불렀는데 이것을 알아차리는 총기도 있었다. 평무는 무슨 연고일지, 혹 잡혀갈지도 모른다는 불안감을 감추고 그 앞으로 다가갔다.

"어디 사느냐?"

"떠돌입니다."

"거렁뱅이란 말이지?"

"그건 아닙니다."

평무가 제법 단호하게 부정했다.

"그럼 왜 여기서 서성대고 있지?"

"당장 갈 곳이 없습니다."

"그래?"

군관의 입꼬리가 올라갔다. 말을 붙여보니 목성도 나름 기름졌다. 필시 빌어먹을 놈은 아니다, 그 떡대라면 어디라도 쓸모가 있겠다.

"나를 따라 가볼 테냐?"

군관이 물었다.

"어디를 입쇼?"

"가보면 안다."

군관이 앞장서 간 곳이 순마군 병영이었다. 그래서 졸지에 군졸이 되었다. 신역은 고되었으나 우선 배고픔을 면했고 차츰 백성들 앞에서 어깨를 추키기도 했다. 하다만 글공부지만 그 덕에 머지않아 상졸이 되었다. 그리고 끝내 공녀를 호송하는 호위대에 발탁되었고, 상호군의 각별한 신임도 받았다.

그런데 그 일이 있은 지 무려 이십 년이나 흘렀는데, 순단이가 살아 있다는 소문이 잠결에서처럼 들려왔다. 풍문은 바람을 타고 날아다녔다. 그 처녀가 미쳤다고도 했고, 원혼이 떠돌아다닌다고도 했다. 그 사이 왕좌의 주인이 네 번이나 바뀌고, 어떤 왕은 개경에 부임하기를 싫어해 연경에 죽치고 앉아 있는 중이었다. 안견치가 노환으로 벼슬에서 물러나 있는 틈이었다. 하지만 아직 안견치의 충실한 하수 중모가 무장(武將)이 되어 건재해 있다. 평무는 아차 싶어 몸 둘 곳을 찾았다. 안견치나 중모의 귀에 들어가기라도 하면 그 뒤탈이 어떨까는 알고도 남았다. 그들의 손아귀를 벗어나야 했다. 진땀이 났다.

평무는 어렸을 적 애증의 갈등 속으로 되돌아가 어머니를 마지막 뵙고 싶었다. 어머니는 그 자리에 있었지만 어느새 반 늙은이가 되어 눈이 어둡고 수족은 무디어져 있었다.

"하직 인사라도 드리러 왔습니다."

평무가 엎드렸다.

"어디 멀리 가느냐?"

"아주 먼 곳입니다. 다시는 못 뵐지도 모르겠습니다."

"아들, 그게 무슨 말이냐?"

어머니가 손을 내밀어 더듬더듬 아들 손을 찾았다. 평무가 두 손을 내드렸다.

"이 튼실한 손아구니 봐라. 꼭 네 아버지를 닮았다."

어머니는 새삼 눈시울을 붉히며 떨리는 음성으로 물었다.

"무슨 큰 죄라도 졌단 말이지?"

아들 하나 의지하던 희망의 끈이 허망하게 끊어진 것을 직감하는 물음이었다. 평무는 대답하지 못했다. 어머니가 한 엉덩걸음 다가앉았다.

"그래도 살아야 한다. 말똥에 구를지라도 살다 보면 다시 빛 볼 날이 왜 없겠느냐? 아무리 더러운 세상이라지만 죽고 나서 뭘 어쩌겠느냐? 정히 배가 고프면 노상에서 강도짓이라도 해서 우선 죽지는 말아야 한다."

입버릇처럼 하던 그 말끝에 어머니는 기어이 끼끼 울음을 짜냈다.

평무는 이제라도 꼭 묻고 싶은 게 있었다.

"제 아버지는 어떤 분이셨습니까?"

어머니가 순간 멈칫했으나 유별나게 꺼릴 건 없다는 생각을 다독였다.

"그분이 누구든 그게 무슨 상관이냐. 오로지 지금 당장 네가 목숨 붙들고 사는 게 중하지."

"하지만 지금껏 저는 늘 아버지를 원망하며 살았습니다. 그는 도대체 누굴까. 왜 제 앞에 나타나 주지 않는 걸까?"

"그게 무슨 대수냐. 명이 짧아 일찍 세상을 뜰 수도 있고, 운이 쇠하여 부귀공명에서 멀 수도 있고, 판단이 흐려 우매해 보일 수도 있고, 또 이런 것들의 반대일 수도 있다. 모름지기 아버지 없이 태어난 자식이 어디 있겠느냐. 아버지라는 존재는 하늘과 같은 것, 하늘과 대척하여 살 수는 없다. 아버지를 자꾸 묻지 마라. 육신은 비록 사라지지만 세상의 모든 아버지는 아들로 다시 태어나기 마련이니, 시비곡직 불문하고 아버지를 받아들이는 것만이 네가 살 길이다."

"그래도 저는 알고 싶습니다."

"그 생각이 곧 불경이다. 하늘을 알고 싶다는 것과 뭐가 다르냐? 네가 목숨 부지하고 살다 보면 하늘이 너를 돕지 않겠느냐."

"끝내 숨기시는군요."

평무는 조용히 어머니 앞을 물러 나왔다. 혼란스러웠다. 아버지가 하늘이니 부디 죽지 말라니. 아버지 없는 존재에게 하늘은 무엇이며 임금은 또 무언가. 하늘의 이치도 나라의 정체도 다 소용없다. 오로지 이 세상 외톨박이 나 하나만 건사하면 그만인 것이다. 그렇다. 땅속으로 꺼질 일이 아니다. 하늘 밑에서 살아야 한다. 상호군보다 높은 사람의 그늘을 찾아야 한다. 고려 왕이든, 원나라 황실이든 가릴 게 어디 있으랴. 노복도 좋고 불알을 끊어도 좋다.

평무는 시침을 뚝 따고 군영으로 돌아가 살아날 방도에 골몰했다.

모진 매는 맞았지만 정상 참작을 이유로 노길이 순마옥에서 풀려났다. 잇태에게로 달려갔다. 그날 억한 심사로 천하에 몹쓸 악담을 했지만 녀석이 살아 있기를 간절히 바랐다.

냉기가 도는 집안에는 거미줄이 어지러웠다. 이놈이 정말 목숨을 버렸나. 목이 메었다. 어디선가 살아 있기를 하늘에 빌었다.

부자가 왕을 또 바꿨지만 달라진 건 없었다. 오히려 전·후왕은 몽병의 몽니에는 아랑곳하지 않고 상대 쪽 측근의 색출과 도말에 혈안이 되었다. 황제에 충성하는 높은 신하들은 왕을 비웃었다. 여전히 어느 누구 나서는 자가 없었다.

노길이 개경을 벗어났다. 예성강을 건너 말구리재에 이르렀다. 서경으로 가는 지름길에 있는 높은 재였다. 멸악산에서 뻗어 나온 산줄기부터 예사롭지 않았다. 전에 수부로 있을 때이따금 들었던 이곳 사람들의 얘기가 생각났던 것이다. 산에 숨어 강탈을 일삼는 놈이 어찌 인두겁을 썼으랴. 하지만 이젠 달랐다. 오죽했으면 그 길밖에 없었으랴. 그것이 왕을 깨우치는 것이요, 몽병에 맞서는 일이다. 그 때문에 결코 선량한 백성을 헤치지는 않으리.

잿길이 생각보다 넓었다. 마차와 병사들이 수시로 개경과 서경을 드나들었다. 하지만 길을 조금만 벗어나면 험한 바위가 박힌 깊은 계곡이 도사리고 있었다. 가끔 그 아래로 말이 굴러떨어졌다고 했다.

잿마루에 오르자 얼굴을 스치는 바람결이 달라졌다. 북으로 뻗어나간 연봉을 타고 말똥 구린내가 훅 끼쳐 들었다. 오랑캐냄새 같았다. 노길은 발을 멈추었다. 어디에서 칼 찬 무뢰배가 나타날 것인가. 빽빽한 넝쿨 숲 뒤로 비뚤비뚤한 사잇길이 보였다. 아직 대낮이기 때문일까. 바람 소리만 이따금 숲을 흔들고 지나갔다. 밤이 오기를 기다리기로 했다. 그 사이 두 번이나 말 탄 무리들이 지나갔다.

밤새가 푸득이기 시작했다. 나뭇가지 위로 별이 총총 돋아났다. 칠흑 같은 어둠 속에서 생뚱맞은 헛기침으로 밤공기를 한번 흔들어 보았다. 그 소리에 응답하는 것일까. 인적이 다가오고 있었다. 노길은 그 자리에서 얼른 무릎을 꿇고 두 손을 들었다.

"별 희한한 놈이로구나."

어둠을 비집고 한 사내의 목소리가 들려왔다.

"두령님께 날 데려다주시오."

"우리 두령님을 아느냐?"

"모릅니다. 그렇지만 나도 두령님 품에 들고 싶습니다."

"어지간히 배가 고픈 녀석이로구나."

한 사내가 어깨를 턱 치더니 눈에 안대를 채웠다. 사내들을 따라 한 식경쯤 걸었다. 가시덤불에 찔리고 바위옹두라지를 타고 넘었다. 이윽고 산채에 도착했는지 안대를 풀어주었다. 어둠 저편에서 두령이란 자의 목소리가 날아왔다.

"어디서 온 놈이냐?"

"개경입니다."

"굶어 죽는 백성이 길바닥에 널렸겠지?"

"도망치는 자가 더 많습니다."

"왕이 여전히 악질이냐?"

"악질이면서 약질입니다."

"그게 무슨 뜻이냐?"

"내 백성을 건사할 수 없는 약골입니다. 게다가 주색잡기에 이골이 난 난봉꾼입니다."

"전에 떨려났던 왕보다 더하냐?"

"더 심해졌습니다."

"넌 여길 왜 왔느냐?"

"원수를 갚고 싶습니다."

"네 원수가 누구냐?"

"몽병놈들입니다."

"그건 우리 산채와 관계없다. 우린 몽병한테 싸움을 걸지 않는다. 왕도 못하는 싸움질을 우리 까막눈들이 어찌 감당하겠느냐. 우린 다만 굶어 죽지 않으려고 이 산속에 산다. 허니 널 받을 수 없고 살려둘 수도 없다."

"그게 아니옵니다. 제가 말을 잘못 했습니다. 저도 몽병이 무섭고 배가 고픕니다."

"네놈이 몽병의 첩자가 아닌지 좀 두고 볼 일이다."

두령이 어둠 뒤로 사라지는 기척이 들렸다.

노길이 손목을 결박당한 채 사내들에게 이끌려 고목 등컬이 널부러진 검은 별채에 처박혀졌다. 덜컥 빗장 지르는 소리와 함께 노길은 눈앞에서 꿈틀, 하는 물체를 느꼈다. 사람이었다. 모진 매를 맞았는지 끙끙 앓는 소리를 냈다. 노길이 사람을 피하여 한쪽 구석으로 옮겨 자리를 잡았다.

산적 떼에 붙으면 원수 놈들을 어떻게든 휘두를 줄 알았는데 천만뜻밖이었다. 고려 땅에는 지금 아무것도 없다. 먹을 것·입을 것이 소진되니, 용기도 신념도 없어졌다. 결국, 고려 사람이 다 사라졌다.

눈물도 나오지 않았다. 순마졸에 잡힐 때 잇태 놈한테 일갈한 그 외침이 옳았을지 모른다. 잇태를 찾아 나섰던 것도 부질없는 짓이었다.

깊은 암흑으로 꺼져 들어가던 별채에 허연 달빛이 들었다. 눈앞 사람이 꿈틀거렸다. 온몸이 피투성이였다. 사내가 손을 뻗어 노길의 손길을 구했다. 노길이 다가앉았다.

사내는 두려움과 오한에 떨고 있었다. 필시 내일 죽임을 당할 거라고 했다. 아마 노길도 그럴 처지일 거라고도 일러주었다. 살고 싶다고 했다. 이렇게 도둑떼한테 개죽음을 당할 거였으면 대도에 간 김에 죽이 되든 밥이 되든 눌러앉아 고려인

환관에게 간이라도 빼주든가, 죽을 각오로 눈 딱 감고 불알을 끊던가 결행할 걸 그랬다고 후회했다.

노길은 이 사내가 여염집 남정이 아님을 알아챘다. 사내의 행적을 캐물었다. 사내는 이 막장에서 감추고 숨길 게 뭐 있느냐며, 둘 중 하나가 살아남는다면 상대의 혼령이라도 위로해 주자고 했다.

사내는 상호군의 해꼬지를 피해, 대도(大都) 황궁에 들어가 살길을 찾으려던 그 군관, 평무였다. 순마군과 호위군을 살며 여러 번 연경엘 다녀왔다고 했다. 유 추군에게 동행을 제의했으나 호응이 없자 홀로 북행길에 올랐던 자였다. 한두 번 대도에 들어간 게 아니라서 개경 북쪽 백 리 허가 안방인 줄 알았다고 했다. 말구리재 깊은 곳에 떼강도가 있다는 풍문은 들었으나 이렇게 거창할 줄은 정녕 알지 못했다. 도둑떼는 군관의 행색을 보고 그 자리에서 목을 치려 했다. 평무가 연명을 위한 거짓말을 늘어놓았다. 몽병과 여병의 행군 기밀을 잘 알고 있으며 참을 지키는 탈탈화손과도 안면이 두텁기 때문에 장차 닥칠지 모를 화도 피할 수 있게 해 주겠다고 둘러댔다. 하지만 거짓말은 곧 들통나고 말았다. 오늘 낮에 평무 말을 믿고 잿마루에 나갔던 동패가 몽병에게 쫓기다가 계곡으로 추락

해 죽고 만 것이었다. 평무는 죽을 만큼 두들겨 맞고 두령의 처분만 기다리는 신세가 되었다.

"그럼 그녁이 공녀들을 인솔한 그 군관이요?"

노길이 풍문에 의지하여 물었다.

"공녀는 딱 한 번 데려갔지요. 지금 생각하면 정말 못 할 짓이었지요. 요동 땅 심양에서 술 취한 그곳 야번 놈들이 공녀를 끌어내 욕보인 걸 알았으면서도 모르는 척했으니까요. 그 죗값을 받는 거 같아요."

"그녁 잘못이 아니요. 나라가 약하니까 엠한 처녀를 붙들어다가 바치는 거 아니겠오."

평무는 이 낯선 자가 필시 나라에 오감을 갖고 산적 떼에 들었음을 눈치챘다. 하지만 나라를 뒤집는다는 건 인력으로 될 일이 아님도 잘 알았다. 그건 저 원나라의 무시무시한 위력을 모르는 자들의 망동에 불과하다. 각자도생만이 살길인 것이다. 평무가 한숨을 섞으며 토로했다.

"나는 홀어머니 밑에서 빈한하게 컸소. 어머니가 내 글문을 열어주려고 갖은 고초를 겪었다오. 나는 그게 싫었소. 어머니 곁을 뛰쳐나오니 이상하게도 아버지가 그리웠소. 나는 지금껏 아버지를 알지 못하오. 그런데도 자꾸 한쪽 옆구리가 공허한 것 같은 기분을 느꼈어요. 어머니는 아버지를 나의 하늘이라고 하셨오. 하지만 아직도 그 뜻을 새기지 못한다오. 다만 어디서 어떤 험한 꼴을 당하더라도 기필코 목숨을 보전해야 한다고 신신당부하셨오. 나는 그 뜻을 깨치지 못하고 있소만."

"어머니가 있다는 게 얼마나 큰 복인지 아시오? 나는 어머니도 아버지도 알지 못하오. 다만 어머니는 내 갈증을 풀어주는 한 잔의 물이요, 아버지는 태풍을 막아 주는 큰 산이다, 뭐 그런 소리를 얻어들은 것 같소만, 당장 내일 내 목숨을 알지 못하는데 다 개뼉다구 같은 소리 아닙니까? 나는 이 나라를 뒤엎고 싶소. 누구 잘난 아버지처럼 은 안장에 백마 타고 길거리를 호령하는 게 아니라 내 아들 잇태 놈 하나 고이 지켜주는 애비가 되고 싶은 거요. 그러려고 이 산적 소굴에도 들어왔오."

노길의 목성이 떨려 나왔다.

"하이구, 참 가상도 하십니다. 하지만 그건 용가마에 삶아진 개가 멍멍 짖는 거나 같지 않겠수?"

먹피로 얼룩진 평무가 통증이 도져오는지 상호를 찡그리더니 두 눈을 감았다. 곧 잠덧으로 빠져드는 얼굴이었다.

먼동이 터오는 신새벽인데 뜻밖에도 비가 추적추적 내렸다.

"하늘이 우리를 살리려나 봅니다."

평무가 노길에게 속삭였다.

"비 오는 날 두목이 행색을 꾸미고 산을 내려가면, 놈들은 별채에 주질러 앉아 술을 퍼먹더라구요. 오늘도 영락없이 그 질펀한 술판이 벌어질 겁니다. 오직 기회는 이때뿐입니다."

과연 사내의 말은 맞아떨어졌다. 요란뻑적하던 별채에서는 어느덧 노랫가락이 굴러 나오기 시작했다. 그것도 곧 떼창으로 벌어졌다.

"저것 보시오. 도적놈들이 시작하잖소. 여긴 왕도 황제도 미치지 못하는 놈들만의 세상이니까요."

사내가 신기해하면서 중얼거렸다. 노길은 문득 별천지가 떠올랐다. 누구에게도 간섭받지 않고 빼앗기지 않고, 배부르면 노래 부를 수 있는 곳, 이게 바로 별천지 아니냐. 다시 한번, 정말 찾아오기를 잘했다고 속으로 흐뭇해했다. 문제는 어떻게 저들의 오해를 풀고 함께 어울릴 수 있느냐였다. 곰곰 생각컨데 여기 이 사내와 결을 달리해야만 했다. 자기가 이렇게 첩자의 누명을 쓰고 헛간에 처박힌 것도 따지고 보면 이 사내의 거짓말 여파가 아닌가 싶었다. 이 사내에 의탁하여 뭔갈 도모

할 게 아니라, 얼른 내쳐야 한다. 더욱이 사내는 매질에 겨워 사지를 제대로 추스르지도 못하는 형편이다.

노길이 사내를 한번 내리깔아 보고 나서 별채 쪽에 대고 젖은 목성을 다해 한 가락을 뽑아 올렸다. 빗줄기를 타고 그 소리가 별채에 닿았다. 고요히 살랑살랑, 강변 초엽을 어루만지듯, 상냥했다가 분노했다가 감겼다가 풀어졌다가…. 구성진 그 가락은 빗줄기에 아랑곳하지 않고 별채에 가 꽂혔다. 예성강 수부였던 노길이 노상 노를 저으며 뽑아 올렸던 그 가락이었다.

　－데려가지 마오, 날 두고 어찌 가오.

　천만번 돌이켜도

　내 잘못이오. 미안하오.

　내 아내 데려오오.

　내 아내 거기 두오.

　두어리 마러리 으잉다리

　두어리 마러리 으잉다리 …－

몇 놈이 술에 취한 눈으로 헛간을 짚어보다가 벌떡 일어났다. 놈을 잡아다가 때려눕히든, 데리고 희떡거리면서 가락을 더 듣든 가만히 둘 수 없다는 발작적인 객기였다. 한 놈이 시부렁거렸다.

"저게, 저 가락이 마누라 뺏어가는 때국놈한테 하소연하는… 그 예성강노래 아뇨?"

"그러니께 저놈이 요상하다 이거지. 우리가 마누라 뺏기고 이 지경이 된 걸 놈이 필시 비꼬는 게야."

"그나저나 마누라 생각이 간절해 지네그려."

"배가 오죽 고팠으면 뺏겼겠나 말이지"

혀를 끌끌 차더니 두어 놈이 빗줄기를 뚫고 헛간으로 갔다. 노길을 잠시 노려보았다. 분노인지 동련인지 모를 웃음기가 놈의 입가를 아슬아슬 맴돌았다.

"넌 뭣하던 놈이길래 이따구로 생게망게냐?"

"예성강에서 수부질 했습니다."

"그러니까 그 노랠 그렇게 간드러지게 처바르는구나."

"저도 마누라를 뺏긴 거나 진배없습니다."

"그게 무슨 자랑이냐?"

놈이 핀잔을 주었지만 손으로는 노길을 문밖으로 잡아끌었다.

노길이 별채 안으로 이끌려 갔다. 나뭇가지로 얽은 벽채였으나 짚가리로 꼭꼭 여며서인지 헛간보다 아늑했다. 술병을 가운데 두고 멍석에 여나문 놈이 둘러앉아 노길을 기다리고 있었다.

"여보게들, 이놈을 어떻게 매조지할까?"

"옥에 처박힌 주제에 노랠 처불러? 간이 뒤집혔나?"

성깔 있어 보이는 한 놈이 목에 핏대를 세웠다.

"하지만 가락이 좋잖어."

"괜스리 마누라 생각케 하는 놈여."

"그 가락이나 한 번 더 들어봅세."

"그러다가 두령님이 알면 다들 경을 칠 거 아닌가베. 산 밖을 내다보는 놈은 필시 배신자가 될 거라 하지 않았소."

놈들이 중구난방 떠들어 댔다.

"죽이든 살리든 한 번 더 들어보기나 하고 매조지합시다."

노길을 헛간에서 끌어내온 놈이 결정하고는 턱으로 노래를 시켰다. 노길의 목청이 다시 별채 안을 흔들었다. 빗줄기를 타고 산채 밖 초목에도 나부꼈다. 골짜기를 타고 흐르던 운무가 춤을 췄다.

"고향 생각이 절로 나누나…. 아이구 마누라야…"

한 놈이 서러운 기색으로 신음을 말아 올렸다. 저기 바람벽

쪽으로 헐겁게 나앉은 자 중엔 반짝 하고 눈가에 이슬이 맺히는 게 보였다.

분위기가 걷잡을 수 없게 되자 예의 그 성마른 사내가 벌떡 일어나더니 다짜고짜 노길의 뺨을 후려갈겼다. 노래가 뚝 끊기고 노길이 비틀, 하고 쓰러졌다. 사내가 동패들을 꼬나보고 외쳤다.

"우리가 시방 이렇게 헛짓거리할 때여? 산 아래 간 두령님이 오시면 우릴 그냥 놔두겠냐구?"

패거리들은 더럭 겁이 났다. 낮술로 얼빠졌던 정신이 급히 되돌아왔다. 놈의 노랫가락이 아무리 꾀꼴새 같아도 두령은 우리를 가만두지 않을 것이다. 산채를 지키는 데 전혀 도움이 되지 않으므로.

"놈을 어서 옥에 도로 처넣고 우리 모두 시치미를 떼자고. 그리고 속히 녀석을 처치해서 뒷말을 없애는 거야."

한 사내가 제안했으나 다른 사내가 반대하고 나섰다.

"이놈이 저 살자고 두령한테 먼저 일러바치면?"

일리가 있었다. 이 수부라는 놈은 강도질하려고 산채에 들어 왔다고 처음부터 애걸한 놈 아닌가.

"그럼 우리가 서둘러 놈의 입을 막세. 원래 비가 오지 않았다면 오늘 처치해 버리기로 했던 놈 아닌가베."

"그렇지. 화근은 아예 싹을 잘라야지. 두령님 출타 중에 우리가 처치해 파묻었다면 두령님도 두말 없을 걸세."

"그게 상책이야. 그런데 이놈 목청 하나는 참 아깝다…."

사내들이, 옴쭉 못하고 엎어져 있는 노길을 일으켜 세웠다. 거적문을 열어젖혔다. 빗줄기가 노드리듯 굵었다.

"내가 두령님께 아무 말 안 할 테고, 다신 노래도 않을 거요. 맹세합니다. 당신들 하고 살고 싶어 온 사람이요. 제발 불쌍한 인생 목숨은 끊지 마시오."

두 발로 버티며 애소했다.

"그 뻔질한 말따구, 닥쳐라, 이놈."

사내들은 기어이 노길을 빗속으로 내던졌다.

"빨리 헛간에 있는 또 한 놈도 끌어오자꾸나. 두 놈 다 함께 해치우자구."

"그게 손쉽지. 원래는 그놈이 더 악질 아니었나베?"

두서넛 놈이 헛간으로 뛰었다. 노길은 생각을 바꿔먹었다. 가련키도 한 이 내 목숨, 산적 떼 놈한테 이렇게 끊어지고 마는구나. 부처를 탓할 일도, 천지신명을 욕할 일도 아니었다. 어차피 하늘 아래, 땅 위에, 그 어느 곳에도 깃들 수 없다면 땅속으로 들어가 평안히 마치는 게 나을지도 몰랐다. 아들 잇태 놈 앞에서 순마졸한테 잡혀갈 때 부르짖었던 고함이 지혜였고 용기였다. 미련 없다, 한 많은 이놈의 세상.

그런데 헛간으로 평무를 끌어내러 갔던 패거리가 사색이 되어 빗줄기를 헤치고 뛰어왔다. 놈이 사라졌다!

금세 산채는 뒤집어지고 말았다. 노길의 두 팔을 훌쳐 잡은 놈의 손마디가 경련했다. 노길을 끌어내면서 빗장을 제대로 잠그지 못한 탓일 것이다. 술 때문이었다.

"빨리 뒤쫓아가 놈을 잡아야지."

한 사내가 외쳤다. 패거리들이 허둥지둥 빗속에서 부산을 떨었다. 그러나 산채 밖 어디로 가서 놈을 잡아 온단 말인가. 마음만 급했지 놈의 향방을 알아낼 방도가 없었다.

아까 유독 성말라 보이던 놈이 패거리를 불러 모으더니 한참이나 귓속말을 속닥거렸다. 그리고 갑자기 노길에게 아갈잡이를 물리고 두 팔을 묶었다. 놈들의 입에서 격한 술내가 끼쳤다. 놈들이 억센 팔로, 빗줄기가 요동치는 숲길을 수백 보 끌고 갔다. 이 길이 마지막 길임을 노길은 알았다. 저항하거나 다시 한번 애걸하고픈 염이 들지 않았다. 어느 지점에 이르자 놈들이 두 발목도 묶었다. 수십 길 높은 암반 끄트머리였다.

빗물에 젖은 바위가 미끄러워서 떠밀기가 좋았다. 아니 이 수부 놈이 조금도 용을 쓰지 않아 손쉬웠다. 빗방울을 타고 노길은 허공을 날아갔다. 훨훨 하늘을 날아갔다.

물도깨비가 된 놈들이 돌아서면서 서로에게 다짐을 주었다. 우린 지금 두 놈 모두를 처치한 거야. 한 놈이 도망쳤단 비밀, 그건 우리 목숨인 거야.

8.

밤마다 호성(虎聲)이 두려우랴

늦가을 소슬바람이 스산한 어스름에 어제 유 직원이 말한 대로 짐보따리를 이고 진 남녀 예닐곱이 궁홀산에 이르렀다. 골뫼계곡 들머리 선바위를 돌아드는 그들을 유 직원이 내려가 맞아들였다. 비렁뱅이 몰골들이었다. 옷이 찢어져 살거죽이 보였고 어깨끈에 동냥바가지를 매달고 있었다. 여자도 둘이나 되었다. 컁컁한 얼굴에 머리가 부스스한 아낙이 또 다른 여자의 어미 같았다.

"나리. 굶어 죽지 않으려고 왔세다."

그중 나이 들어 보이는 자가 직원에게 허리를 굽혔다.

"잘 왔어요."

직원이 고개를 끄덕이면서 손을 잡아주었다.

"시방 다른 곳은 몰라도, 서해도에는 빈집이 허다하고 마을 전체에 개미 새끼 한 마리 얼씬 않는 곳도 여러 군데랍니다. 가만히 앉아서 굶어 죽을 수는 없는 거 아닙니까?"

"여기서 어떻든 입에 풀칠이나 해 봅시다."

"군졸 놈들이 뺏어가지 않는 것만도 안심입죠."

일행 중 연장자가 안도의 웃음을 보였다. 옆에 있던 나이 들어 보이는 아낙이 어줍게 신기해했다.

"개가 험상궂게 생겼는데 우릴 보고 짖질 않네요?"

"이 녀석은 사람이나 마찬가지지요."

나이답지 않게 풍도가 어깨를 으쓱해 보였다.

"스님도 계시네요."

젊은 처자가 호감을 내보였다.

"우린 모두 한 식구예요. 이 산중에서 똑같은 마음으로 정진하고 있으니까."

무령이 거들었다.

"다들 어서 인사를 닦고 안으로 들어갑시다. 우선은 좀 좁을 테지만 산채를 덧지을 때까지 견뎌 봅시다."

직원의 말을 받아 저쪽 일행의 연장자가 제 이름을 대며 허리를 굽혔다.

"나리가 아시다시피 저는 흔박이라고 부릅니다. 산 아래에서 동냥질하다가 용케 나리를 뵈었습죠. 뜻밖에도 나 같은 놈한테 말을 걸어오셨잖아요. 난 몽골 병대에 잡혀갈까 노심초사였는데 말에요. 궁홀산 속에 은밀한 사람들이 모여 살고 있다니 옳다구나, 했지요. 게다가 그 면모를 뜯어보니 직원(直院) 벼슬하시던 나리 아니겠어요? 어차피 오도 가도 못하는 판에, 잡혀 죽든 굶어 죽든, 산에 의탁하는 길밖에 없다고 여겼지요. 몽골놈을 타도하고 나라를 되찾으려면 무력을 키우는 수밖에 없다는 나리 말씀에 울컥 치미는 게 있었다니까요. 아무리 벼룩 등에 육간대청 지을 수 없다 해도 그냥 아무렇지 않게 살아가서야 어찌 사람값을 할 수 있나요? 이곳에서 무술도 닦는다고 하니 마음이 더 끌렸습니다. 가솔과 친구들도 데리고 왔습지요."

"실은 저 어른 이름이 '지원'입니다. 공교롭게도 그게 연호(年號)에 걸려, 저 추상 같은 원나라 서슬이니 어찌 개명을 하지 않을 수 있겠어요. 이름을 바꾸고 과거에 한번 응했으나 낙방

하고는 관직에 오를 팔자가 아닌가 보다 하고 세상을 버리고 사는 분입니다."

직원이 흔박을 설명하면서 아련한 경의를 보였다.

"그럼 우리 이제부텀 부모가 지어 준 이름을 불러드립시다. 연호도 바뀌었잖아요."

무령이 남자들을 톺아보며 제의했다.

"아닙니다, 아니에요. 나는 그냥 흔박이로 살고 싶습니다. 혹 몽골이 타도 되면 모를까."

흔박이 손사래를 쳤다. 다들 웃으며 고개를 끄덕였다. 직원이 좌중을 정리했다.

"그러고 보니 저야말로 이제 제 이름 추군으로 불리고 싶네요. 직원 벼슬 털어낸 게 언젠데…. 그리고 다들 오시느라 고생 많았습니다. 우리가 모두 한마음으로 한패가 됐으니 함께 정진 연마합시다."

다시 모두들 고개를 끄덕였다.

열둘로 불어난 산 사람들은 열미가 끓인 조당수를 조롱박에 담아 나눠 먹고 다시 둘러앉았다.

질화로에서 이글거리는 숯불 빛으로 서로의 얼굴 윤곽이 겨우 드러났다. 흔박이 궁금한 얼굴로 물었다.

"댁들은 어쩌다가 이런 별천지에 발을 들였소?"

아무도 선뜻 대답하지 못했다. 잠시 침묵이 흘렀다. 머쓱해진 흔박이 수습했다.

"아 참 내가 별걸 다 캐물었군요. 다들 여간 아프지 않았겠죠. 나야 뭐 바가지 들고 동냥 다닌 거밖에 없지만."

"아니요. 우리가 이제 한패가 됐으니 서로를 알아야 할 거 아니요. 내가 먼저 꺼내리다."

매사에 웅숭깊은 풍도였지만 오늘은 먼저 말머리를 열었다. 그는 단지에서 물을 한 바가지 떠 꿀꺽꿀꺽 마셨다.

─강화로 몸을 피한 왕이 그곳에 궁궐을 짓기 시작하자 몽골은 뭍의 백성들을 잡아먹을 듯 다그쳤다더군요. 강화가 빤히 보이는 해변, 우리 마을 솔뜸이 우선 본보기가 된 거 같았어요. 몽골 기병들이 들이닥치더니 민가에 불을 질렀대요. 화염과 연기를 뚫고 기어 나오는 사람들을 개돼지마냥 도륙하고 시신을 나무에 걸었구요. 섬에서 왕이 내다보도록 풍악을 쳐 댔는데 그 짓이 사흘이나 계속됐대요.

내가 다섯 살 때였는데 부모를 그때 잃었지요. 이웃 마을에 살던 숙부가 나를 건사해서 양광도 깊은 곳으로 숨어들었는데, 이웃 마을에 사시던 무령 아장의 가친께서도 이를 갈며 마을을 떠난 게 그 무렵일 거예요.

차츰 자라면서 어린 나이에도 몽골에 사무치는 원한이 골수를 파고들어, 한 자리에 가만히 앉아 있을 수가 없더이다. 열댓 살이 넘어 숙부집을 뛰쳐나와 오도 양계를 숙주 삼아 정처 없이 떠돌았어요. 한 많은 나라를 원망하다가 별빛 아래서 잠을 자곤 했지요. 고구려 기상이 서렸다는 서경도 방랑해봤구요.

하룬 예성강을 넘다가 예사롭지 않은 남정을 만났는데 노길이라는 수부였어요. 강을 건너 오가는 사람들, 특히 서경으로부터 내려오는 사람들한테 변방과 요동과 몽골에 대하여 들은 풍문들을 차곡차곡 머릿속에 쌓아두고 있는 것 같았어요. 방랑길에 그의 얘기는 구슬꿰미처럼 흥미로웠고 한술 밥처럼 배가 불렀지요. 자주 배를 탔어요. 그 아내는 쌀을 준다는 순마군 놈의 꾐에 빠져 집을 나섰다가 어떻게 된 영문이지 예성강에서 시신으로 발견됐다는데, 눈물이 말랐는지 애타는 기색도 없어 보이더군요. 그런데 언제부턴가 강에서 그가 보이지 않았고 나는 다시 방랑을 시작했지요.

소싯적에 동계의 명산대찰을 섭렵하는데 한번은 어쩌다 금강산 언저리에 이르게 됐어요. 문득 이상한 활 이야기를 하는 중이 눈에 띄었지요. 호기심이 일어 따라가 봤는데 이 궁승(弓僧)은 식음을 전폐하고 활을 어루만지면서, 귀신도 착한 사람은 깔보는 이놈의 세상, 맥궁이 울 날이 있으리라며, 그러면 새 세상이 열리리라고, 거의 광적인 몰골로 자기 생(生)을 붙들고 있는 거였어요. 그를 뜬금없이 여기고 곧 물러 나왔는데, 지금 생각하면 내가 그때 그 궁승의 높은 뜻에 미처 이르지 못했던 것 같기도 하고…. 암튼 몽골 놈들이 지배하는 세상에 편히 머무를 곳이 어디 있겠어요. 추운 밤에 한둔하다가 얼어 죽을 담력은 없고 주로 암자를 찾아 잠을 청했는데, 어서 미륵불이라도 도래해서 세상이 확 엎어졌으면 축수했지요. 허나 그게 소원대로 곧장 오시는 게 아니더군요. 무겁 무상의 때가 지고, 운이 쏠려야 비로소 현신하는 분이셨던 거예요. 독경을 하다가도 머리가 무거워지고 때로는 뻥 뚫리는 허전함으로 마음을 둘 데가 없었어요. 평생 불법 찾아 고행하는 승려가 될 팔자는 아니란 걸 깨달았고, 다만 중노릇하며 이 절 저 절 찾아 팔자 좋은 소리 하는 떠돌이 중이 내 팔잔가보다 했지요.

하룬 개경 어느 길거리에 이르러서 목덜미에 핏대를 올리며 뭔가를 부르짖는 예성강 뱃사공 노길, 여기 있는 잇태 아버지를 다시 만나게 됐어요. 나는 그를 오행(五行)으로 말하면 화성(火性)을 지니고 태어나서, 크게 일어나 산천을 태우든가 한 줌 재로 꺼져갈 운이라고 치부했는데 뒤에 알아보니 순마옥에 갇힌 신세가 되었더라구요. 그의 집을 찾아가 불구가 된 잇태를 만났어요. 어디서 구했는지 수리검으로 목검을 깎고 있더군요. 손깍지에서 살기가 퍼떡거리는 게 보였어요. 마당 한편에서 꼬리를 흔드는 개도 있었는데 사람만큼 영리해 보이는 게 범상치 않았지요. 나는 바랑 속에서 곡식 한 됫박을 꺼내 돌계단에 내려놓고 다시 방랑길을 떠났고요. ─

"활을 알고는, 저 같은 불구에 검이 미미해지더군요."
잇태가 쓸쓸하게 중얼거렸다.
"요새 우리 백성치고 불기운에 시달리지 않는 자가 어디 있을라구요."
흔박이 상호를 찡그리며 처와 딸을 돌아보았다.
이번에는 무령이 입을 열었다.

─신의군 별초는 아무나 만만하게 입대하는 곳이 아니었나 봐요. 겉으로는 강화섬에 갇힌 나약한 왕을 위해 싸우는 군

사였지만 지금 생각해보면 최씨에 충성하는 가병(家兵)에 불과한 존재였어요. 최씨가 곧 실질적인 왕이었으니까요. 제가 커서 들은 얘긴데요, 아버지는 일단 몽골이라는 거대한 적 앞에서 소리(小利)를 버리고 복수심을 불태운 의협남이셨나 봐요. 삼별초 낭장이 팔다리 굳센 아버지를 뽑아 마니산 봉졸을 시켰대요. 밤낮 바다 건너 뭍 마을을 지켜보자니 억장이 무너지는데, 수시로 놈들이 배를 띄워 달려드는 통에 피가 마를 지경이었대요. 놈들에게 함락당하는 건 개죽음이라, 몸을 던져 싸웠건만 결국 섬을 내주고 말았지 뭡니까. 왕이 개경으로 돌아가기로 결정한 날, 삼별초 신의군은 왕을 따르지 않기로 했어요. 뭍으로 끌려갔다가는 모두 도륙된다는 걸 알기도 했거니와, 고려가 이렇게 비굴한 나라로 전락하는 걸 차마 볼 수 없었대요. 그래서 아버지는 새 왕을 세우고 육신이 다하는 날까지 몽골에 대항한다는 결의가 충천했어요. 해안을 따라 진도로 내려가서 새로운 전선을 폈어요. 그러나 어쩝니까. 홍다구와 김방경이 이끌고 온 연합군에게 점령당한 것을. 대장이 죽고, 신의군이 세운 왕도 생포돼서 처형됐어요. 배중손의 아장으로 피 흘리며 싸웠지만, 아버지는 우리 고려의 명운이 다 됐다는 걸 깨닫게 됐대요. 나라가 이 지경이 될 때까지 가문의 영달을 지키려고 갖은 암수와 술수에 골몰하던 저 최 씨 일당에 대한 적개심이 비로소 눈을 떴고요. 용손(龍孫)의 거룩한 성지를 훼손하고 왕 노릇 하던 최씨 일당 중 누구 하나 목숨 바쳐 고려를 지키려는 자가 없었는데 이제 누굴 위해 싸움을 계속한단 말인가요. 원래 나라의 운이 다하면 엠한 사람이 많이 죽는 거라서, 우리 백성들이 얼마나 더 죽어야 할지, 서글펐대요. 살고 싶은 마음도 없고요.

개경 바닥을 하릴없이 떠도는데 몽골 장수 홍다구가 모반을 주도한 김방경을 잡아 죽인다는 소문이 떠들썩하지 뭡니까. 그러잖아도 신의군을 궤멸시킨 방경에게 악감정이 있던 터에, 뭐가 덧났는지 저희들끼리 쌈박질이 났다니까 은근히 고소했지요. 방경을 처단하려면 확고한 증좌가 있어야 했는데 홍다구란 놈이 그걸 세밀히 발라맞추지 못했나 봐요. 거리로 패관을 풀어, 그 증좌를 찾고자 혈안일 때 아버지가 가명을 대고 나갔답니다. 하지만 몽장 놈한테 방경을 무고하자니 양심에 찔렸다더군요. 놈 앞에서 아버지가 좀 언거번거했나 봐요. 놈이 잔뜩 의심하는 눈초리로 바뀌는 차에 아버지는 그 길로 줄행랑을 쳐 강화섬에서 배를 탔대요. 전에 천여 척 전선(戰船)이 군기를 드높이고 남하하던 그 길을 따라 내려가면서 마른 눈물을 하염없이 짜냈지요.

그 길로 해남 두륜산 아래 절로 들어가 바닷물에 세수를 하면서 칡뿌리만 먹었대요. 그런데 그 절의 노승께서 활을 쏘라더라는 거예요. 활이란 내 마음을 무극에 전하는 고고한 파장(波長)이니, 바람을 가르는 역동성이 상심을 위로하고, 관중하는 적확성이 잡념을 불태운다…. 활쏘기로 심신이 수습되면 잃어버린 본심을 찾게 되고 그러면 무어든지 마음 가는 바 활력의 터전이 마련될 것이다…. 그 길로 아버지는 활을 쐈어요. 놈들을 멀리서도 저격할 수 있는 병기가 활이라는 걸 깨닫는 순간 오감이 무르녹는 기쁨이 왔대요. 삼별초에, 백발백중은 아니더라도 십중팔구는 하는 명궁들이 수십 명 있었다면 그토록 허무하게 무너지진 않았을 거란 회한이 남았고요. 그때 내가 서너 살쯤 됐을 땐데, 아버지가 나를 그곳으로 불러 내렸어요. 그 나이부터 나는, 내 키보다 큰 활을 잡았어요. 아버지가 궁술의 도를 얼마나 엄히 가르치시는지 벌 받으며 울며 자랐지요. 무과에 응시할 생각은 꿈에도 못했고, 그저 향리의 무명 궁사로 목숨줄이나 붙잡고 지내던 어느 날, 어떻게 알았는지 나이 지긋한 풍도님이 두륜산으로 아버지를 찾아왔어요. 절들끼리 가진 연통으로 찾아냈나 봐요. 아버지는 풍도님이 중이 된 걸 보고 깜짝 놀랐지만 그 길로 갈 수밖에 없었으리라 수긍하셨대요. 스님 이름치고 좀 괴이했지요. 풍도라니, 바람에 나부낀다는 뜻일진대 법승이 아니란 걸 알고 이해가 됐고요. 이미 고령에 드셔서 운신을 못 하는 처지였던 아버지는 풍도님에게 나를 딸려 보내셨어요. 헌헌장부가 산골 구석에 묻혀 아무리 활을 잘 쏘면 뭣에 쓸모가 있겠느냐며. 그때부터 나도 세상 구경을 시작한 거지요. —

"그것도 부처님 인연인가요?"

흔박이 웃으며 물었다.

"그렇지요. 와서 보니 벌써 무겁터도 닦았고 비록 활은 개경에 나가 어렵사리 구해오지만 대나무를 깎아서 화살을 만들더군요. 풍도님이 내 궁술을 본받자며 우스개로 나를 '아장님'이라 부르기 시작했어요. 그게 지금은 제 별호가 됐지만요."

"아버지 직함을 아들이 물려받은 거로군요."

흔박이 웃으며 화답하고 나서 또 확인하고 싶어 했다.

"가장 중한 분은 저 유 추군 직원 나리십니다. 조정에 입사하여 곧은 길만 걸으시다가 벼슬 팽개치고 산으로 올라오는 게 어디 쉬웠겠습니까?"

"그러문요. 나이에 상관 않고 모두들 유 직원 나리를 우리 패두로 모십니다. 신궁을 뵙겠다는 열망 하나로 무술을 닦아 왔지요. 이제 제법 식구도 늘었으니 주먹구구식으로는 통솔이 안 되겠습니다."

풍도가 맞장구를 쳤다.

"맞아요. 이참에 우리 이름도 지읍시다. 궁패, 어때요?"

무령이 제의했다.

"우린 지금껏 이심전심으로 서로 잘 통했어요. 그 이름 좋아요."

열미가 거들었다. 좋아요, 그렇게 합시다. 모두들 손뼉을 쳤다. 새로 들어온 흔박 일행도 고개를 끄덕여 동의했다. 빙그레 웃고만 있던 추군이 이윽고 입을 열었다.

―과거에 붙어 입사했지만 나라는 허물어져 있었어요. 환도한 후에 궁궐을 수축했으나 여전히 어수선했고 쥐보다 못한 모리배들이 원나라 황제 앞에 줄을 섰으니 왕이 뭘 할 게 있겠어요. 게다가 황제의 딸은 자기가 이 나라의 통치자임을 거침없이 토설하는 판에 사냥과 애첩놀이 말고 마음 둘 곳 없는 왕의 거통 아니겠어요?

그런데 무슨 연유인지, 쫓겨났다가 다시 왕위에 복권된 그가, 하루는 저 같은 한림원 말단을 은밀하게 불렀어요. 저는 당황했지요. 제가 왕에 대한 충성심이 남다른 것도 아닌데 말이죠. 왕이 묻더군요.

'네가 과인과 나라 걱정을 많이 한다고 들었다. 그 충정이 놀랍구나. 해서 너한테 한 가지, 하찮다만 꼭 해결할 소임을 맡길 터이니 입 조심하고 수행토록 하라.'

'무슨 분부시온지요?'

내가 머리를 조아렸지요.

'서문 밖으로 나가면 진흙고개 너멋마을에 선소라는 처자의 집이 있을 것이다. 명문거족은 아니지만 범절 있는 양가이니 찾기가 어렵지 않을 것이다. 아직도 거기 사는지 알아보거라.'

어려운 하교가 아니었지요. 선소네 집이 거기 있었어요. 그런데 내가 온 뜻을 알고는 그 집 식구들이 별안간 부들부들 떠는 거예요. 딸 소문을 어찌해서 알았는지, 아니면 지레 겁을 먹고 그러는지 어린 딸애 하나를 등 뒤에 감추고는 한사코 뒷걸음질만 치는 거예요. 그때 저기 있는 예닐곱 살 돼 보이는 열미를 얼핏 봤지만요. 궁에 들어가 사실을 아뢰자 왕은 수심이 깊어지면서 눈을 감더니 아무 말도 않더군요. 다시 부를 때까지 잠자코 기다리라며.

진흙고개를 눈여겨보면서 무슨 사단일까 궁금해하던 차에 한 군관이 나한테 접근해서 괴이한 말을 슬쩍 흘려주는 거예요. 선소가 벌써 여러 해 전에 공녀로 선발되어 황궁에 들었고, 왕에게 공신(貢身)을 한 후 사라졌는데, 그 후 까맣게 잊고 있던 왕에게 그녀의 방혼(芳魂)이 나타나 꿈자리를 어지럽힌다는 거예요. 왕은 아차 싶어 은밀히 그녀의 향방을 찾았으나 알 길이 없어 남몰래 고심이 깊어졌다는 거지요. 어떻게 해서든 선소의 행방을 찾아볼 수는 있겠으나 왕은 더 이상 말을 삼가고 만다는 거였어요.

갑자기 연경에서는 왕을 또 폐위시켜야 한다는 중론이 구름처럼 일고 있는데 때마침 늙은 왕이 눈을 감자, 황실은 기다렸다는 듯 전에 일곱 달 왕 노릇 하던 세자를 다시 왕으로 봉했지요. 세자는 반분(半分) 몽골피를 가졌잖아요. 게다가 거기서 나고 자랐고 옛적에 쿠빌라이의 총애까지 받았으니 얼마나 우호적이겠어요. 그러니 유 직원, 당신도 곧 세자의 세상이 올 터인데 재삼 숙고해서 늙은 왕의 유명을 함부로 따라붙지 않는 게 좋을 거라고 충고하는 거였어요. 그 군관은 그 해 선소 무리를 이끌고 연경에 갔던 군관들 중 하나였는데, 원 황실의 통속에 아주 밝더군요. 왕도 그 군관을 함부로 대하지 못하는 눈치였거든요. ─

여기까지 얘기를 듣던 열미가 무릎을 고쳐 앉았다. 머릿속에 설움이 북받치는지 자기도 모르게 반짝, 눈물을 보였다. 옆에 앉았던 흔박의 딸이 울상이 되어 바라보았다.

　—그때 유 패두님이 다녀가신 후 우리는 바로 단봇짐을 쌌어요. 연경에 간 언니 소식은 풍문에라도 도무지 들을 수 없었고 그때 공녀들이 가다가 얼어 죽었다느니, 요동 떼거지들한테 욕을 보고 자결했다느니, 뜬소문만 무성했는데 우리 언니는 제발 무사하기를 빌고 빌었지요. 어머니는 애초부터 언니를 호되게 말리고 깊이 숨기지 않은 아버지를 원망하는 마음이 사무쳐서 둘째 딸이라도 지켜내겠다는 다짐은 철석같았어요. 굶어 죽는 건 하늘에 맡기고 서해도 봉주 땅 외삼촌 댁으로 떠났는데 예성강 나루의 사공이, 그가 지금 보니 저기 있는 잇태 아버지였는지도 모르겠는데, 어떤 스님 얘기를 하는 거예요. 오도 양계를 다 다녀봐도 몽골 놈들 발길이 안 닿는 곳이 없는데 더욱이 종전군 지휘소가 주둔했던 봉주는 북계와 가까운 곳이라, 아직 몽병이 눈에 띄고 놈들의 패악질로 민가가 다 절단나고 말았는데 그곳으로 가다니 성한 사람들이냐고. 발길을 멈춘 어머니가 놈들에게 잡혀가느니 차라리

절에 처박는 게 낫겠다 싶어 내 머리털을 잘라내고 예성강 가 미미한 야사(野寺)로 들여보냈어요. 눈물이 앞을 가려 침식을 걸렀지만 달이 가고 해가 바뀌니 주지 스님이 게를 주고 사미 니로 삼더군요. ─

열미가 잠시 말을 끊은 사이 추군이 뒤를 이었다.

─그런데 다시 왕위에 오른 아들 왕이 또 한 번 전의 아버지 왕을 따르던 무리들에게 칼바람을 일으키는데, 부자 사이에 껴서 애매하게 목을 날린 신하들의 꼬라지를 보고 그 누가 고려 왕한테 충절을 바치겠어요. 오로지 눈에 보이는 건 연경 황실 뿐. 또한, 왕 눈에도 백성은 없고 오로지 몽골 황실만 보이니, 조정 상하가 다 그 모양 아니었겠어요? 죽어나는 건 민초일 뿐.

그 와중에도 나라를 걱정하는 신료가 없지는 않았지요. 전에 세자가 왕위에 올라 긴급하게 설치했던 사림원 관료 중에 월수라는 분 말예요. 제 좌주 되시는 분이기도 하고, 학문이 워낙 깊고 정밀하셔서 아버지 대하듯 따랐는데, 이순을 바라보는 그분 댁을 찾아뵙던 날이었어요. 저 멀리 허연 눈 덮인 송악산 옆 언덕배기 마을이었지요. 삼 대째 지켜온 고택의 빛

바랜 기와에는 듬성듬성 메마른 잡풀이 보였어요. 목상(木像)처럼 단좌하신 채 나를 맞이하시더군요.

'스승님, 올해도 강녕하옵소서'

'또 왔구나.'

그런데 이날 따라 무슨 말인가를 하려고 주저하시더니 내 손을 잡고 한참 나를 응시하셨어요. 그리고는 네게 보여 줄 게 있다며 윗방 서가로 가셨습니다. 잠시 뒤 먹물조차 흐릿한 필사 종이쪽을 가져오셨어요.

'연도(燕都)에서 수천 권 책을 섭렵한 아들 왕이 어느 날 우리 학사들과 주담을 나누다가 불쑥 꺼낸 말인데, 내용이 하도 오묘해서 필사를 해 뒀다. 어쩐지 네게는 한번 읽히고 싶구나.'

뭔가 심상치 않은 글이라는 걸 눈치채면서 스승님이 내민 석 장짜리 〈祕記(비기)〉를 그 자리에서 읽었어요. 순간 머리가 쭈뼛해지면서 뜨거운 감격이 등줄기를 타고 내리는 걸 어찌할 수 없었어요. 나는 일어나 스승님께 다시 한번 큰절을 올렸지요.

동토(東土)에는 일찍이 하늘에서 내려온 활이 있는데 그것이 곧 동방족의 생사화복을 주관하고 나라의 흥망성쇠를 열고 닫는다. 활은 곧 활(活)이요, 활(活)은 삶이니, 동방 사람들은 활과 불가분이고, 그래서 동이(東夷) 족이라는 말도 나왔는바 이게 곧 큰활[大弓] 아니냐. 대궁(大弓)의 의(義)를 처음 잡은 이가 바로 주몽, 동명성왕이시다. 그가 나라를 창업하여 '무구리'라 이름한 것은 '맥족(貊族)의 구려'란 뜻이다. 구려는 성(城) 곧 고을을 뜻하는 말이므로 맥족이 세운 큰 고을이라는 뜻이 아닐까 보냐. 활이 하늘로부터 내려왔으니 고구려왕은 천손이며 천제를 지켜야 한다는 수천(守天) 규범으로 주변국들에게 떳떳이 조공을 받았다. 이것은 맥족이 가진 세 개의 천하관과 직결되는데, 말하자면 몽골고원의 초원을 누비는 유목민의 천하, 황하 이남의 농사짓는 한족(漢族) 천하, 그리고 요동 일대를 거쳐 우수리 강까지 빽빽한 수림 속에서 호웅(虎熊)을 관장하는 동이족 천하, 이들이 병립하여 왕과 신민들이 번영하며 자주적으로 살았다. 그런데 광개토가 사방으로 영토를 넓히는 건 좋았으나 따뜻한 남쪽에 미련이 커서 남진 정책을 과도히 추진하더니 그 아들 장수가 아예 평양으로 천도까지 하고 말았다. 이로써 반도의 한강(漢江)은 차지했으나 요동 벌판의 궁맥(弓脈)은 쇠락하고 말았다. 그러나 반드시 궁맥은 살아나고 맥족이 다시 번성할 것이다. 이름하여 신궁이 나타날 것이다.

'이걸 제게 보여주시다니요.'

나는 부르르 떨고 말았지요.

스승이 흠연히 나를 바라보고는 다시 말씀하셨어요.

'이걸 함부로 입 밖에 냈다가는 어떤 액이 닥칠지 모르니 삼가 조심해야 한다.'

'평생 새기겠습니다.'

'왕세자쯤 되니까 장난삼아 한번 읽고 망각한 비기(祕記)겠지만 나는 이것이 우리 고려의 정맥(精脈)이라고 믿는다.'

'그러하옵니다. 의문의 여지 없는 우리의 근본입니다.'

나는 여전히 들떠서 스승님께 외쳤어요.

'그때부터 쇠퇴의 길로 치달은 결과 우리는 지금 이 지경까지 몰렸어. 세상의 모든 나라란 야수와 같은 거야. 동정과 자비가 어디 있어. 먹고 먹힐 뿐이지. 야수에게는 도덕심이 없지. 본능만 있을 뿐이니까. 충고하건데 고려는 다시 궁맥을 잡고 신궁을 찾아야 하리. 몽골을 혁파하고 세 천하가 병립하면서 서로 번영하려면 말이야.'

스승님은 숙연했어요. 그의 눈동자에는 조정에서는 볼 수 없던 맑은 정기가 흘렀고요.

스승의 말씀을 듣고야 태조 할아버지가 국호를 고려로 정한 이치가 가슴에 와 닿았고 어서 신궁을 찾아야겠다는 울림이

신명(神命)처럼 가슴에 불을 질렀지요. 그러나 나가고 들어감에 때가 있듯이 아무리 마음을 재촉한들 기회가 없던 차에, 늙고 맹한 왕이 고희(古稀)를 넘기자 얼마 안 가 눈을 감고, 십 년 전 그 왕이 다시 왕좌에 앉게 되었잖아요. 하지만 그는 자신의 왕좌가 있는 고려에 돌아오지 않았어요. 몽골 황실에서조차 개경에 어서 부임하라 독촉했지만 이 핑계 저 핑계, 끝내 오지 않았지요. 그러면서 제 아들한테 양위를 하겠다고 황실에 간청했어요. 고려에는 아무 관심도 없다는 얘기지요. 아버지를 붙좇던 자나 아들을 따르던 자나 다들 망지소조하여 낯빛을 드러내기 괴이쩍어하면서, 몽골 황실에의 충성심을 하늘 높이 쌓아갈 수밖에 없었지요. 월수 나리가 나를 부르더니 이제 이 나라에는 희망이 없다며 몸을 피하여 사람 구실을 하라고 일러주시더군요. 나는 이게 하늘이 주시는 명령이구나 싶어 오히려 마음이 후련하고 몸이 가벼웠지만요.

관직을 버리고 물러 나오는데 웬 군관, 전에 선소 얘기를 들려줬던 그자가, 나와 같은 신세가 됐는지 몹시 초조해하면서, 이왕 이럴 바엔 원나라 황도(皇都)로 가자고 권유하더군요. 자기는 연경을 잘 안다며, 거기 가서 귀화한 고려 고관들한테 붙는 게 이 판국에서는 상책이라는 거였어요. 제 이름을 밝히는데 평무라는 자였어요. 나는 단호히 거절했지요. 신궁의 꿈으로 가슴이 불타는데 어찌 연경 따위에 가서 빌붙겠는가 말예요. 그 군관은, 연경에 가서 터를 잡으면 꼭 고려 왕을 잡으러 오겠노라며 훌훌 털고 내 앞에서 사라지더군요.

그러고나서 나는 여기 궁홀산으로 자꾸 마음이 쏠렸지요. 내 본향이기도 하고, 근방에 우리 가문의 종산이 있는 터여서 자주 와 봤던 곳인데, 종산에서 맞바라 뵈는 이 궁홀산이 어찌나 거룩해 보였는지…. 아마 그즈음부터 나는 이 산을 꿈꾸고 있었던 거 같아요. 여기라면 무를 연마하면서 신궁을 맞이할 수 있으리라. 그런 꿈이 한 시도 떠나질 않더군요.

산속으로 들어올 채비를 차리는데 하늘은 나를 홀로 가도록 그냥 두지 않던 거예요. 아버지를 감옥에 둔 잇태가 따라나섰고, 잇태와 선을 대고 지내던 풍도 스님이 쾌히 동행하시는 거였지요. 물론 보리도 함께. 산에서 개가 짖으면 멀리로 메아리가 퍼지는 터라 스님이 어르고 닦은 도념으로 사람처럼 지혜가 붙은 보리는 산에서 짖지를 않지요. 정말 기이하고 신특한 일 아닌가요? ―

"보리도 깨우쳤네요."

흔박이가 신기해했다.

"사람보다 낫지. 밤새 우리를 지켜주니까."

풍도가 보탰다.

"개호주가 와도 지켜요?"

흔박의 안식구가 눈을 크게 뜨면서 물었다.

"여기 무령 아장이 활로 쏴서 잡지. 가죽을 벗겨 옷을 해 입거든. 열미의 저 웃옷이 바로 그거예요."

"우리도 해 주실 거죠?"

흔박의 안식구는 어느덧 이 패에 동화되었다는 표정이었다. 내일부터는 열미를 도와 집안 살림살이를 건사해 나가겠다고 마음먹었다.

"풍도 님의 발걸음이 우리 패를 만든 거나 다름없지."

"그럼 열미가 사미니로 사는 곳도 알고 있었으니까."

"그렇고말고 이제부턴 나한테 사냥하고 활쏘기는 그만 접어 주시라니까."

풍도가 농을 걸었다.

"엄살 마시오. 오도 양계를 주유하신 건각 아니시오."

"그럼 나도 이제 살생에 대비해 머리를 길러야겠소."

좌중의 웃음 띤 시선이 풍도의 머리로 갔다. 풍도의 민머리가 두렷이 드러났다. 그때, 달이 올라와요, 열미가 속삭였다. 판자문의 작은 틈서리로 스며드는 달빛 기운을 어느새 감지한 것이다. 동시에 다섯의 몸이 숙연해졌고 문밖에서는 땅을 할퀴는 보리의 발톱 소리가 들렸다.

"나갑시다."

패두 추군이 나직이 말했다.

"어딜?"

흔박이 의아해 물었지만 대답은 없었다. 흔박이 재차 물었다.

"이 야밤에 짐승 자귀라도 밟을 요량이오?"

"한번 따라올 테요?"

무령이 반문했다.

"어딘데요?"

"와보면 알아요."

잇태가 대답하며 옷매무새를 고쳤다. 추군을 필두로 다섯은 방문을 열고 마당으로 내려섰다. 보리가 꼬리를 흔들었다. 의아한 눈으로 따라 나온 흔박 앞에, 공방 시렁에 있는 전대와 동개를 꺼내 들고 무령이 나타났다. 그들은 달빛 줄기가 사달봉을 감아 돌자 한 줄로 서서 돌계단을 내려갔다. 계단 아래에 빈터가 있었고 그게 활터임을 흔박은 알았다.

그들이 나란히 사대에 섰다. 달이 부시시 떠올랐다. 열아흐레 삼태기 같은 달이었다. 달을 향해 무릎을 꿇고 머리를 숙였다. 잠시 뒤 일어나 세 번 절을 했다. 추군부터 활에 시위를 걸었다. 멀리 계곡 너머 삼백 보 밖 과녁이 달빛 그늘 속에서 검게 보였다. 추군은 개의치 않았다. 패 안에선 명궁이란 칭호가 붙은 무령이 밤마다 가르친 활 동작이었다. 명궁은커녕 선궁(善弓) 반열에도 미치지 못한다고 겸손해했지만 무령은 이런 경우에도 과녁에 곧잘 적중시켰다.

물론 적중이 목표는 아니었다. 그런 욕심은 활 동작에 누를 끼쳤고 쓸모없이 어깨에 힘이 들어갔다. 머릿속도 헝클어졌고 사악한 골짜기로 가슴을 몰고 갔다. 분노, 원망, 회한이 용솟음치면 화살을 겨누고 싶은 얼굴이 떠올랐고 한탄과 좌절이 온몸을 얽어매고 말았다.

오늘따라 활 동작을 일으키는 풍도에게서 거친 한숨이 터져나왔다. 달빛이 출렁였다. 거궁(擧弓)에서 퇴촉이 일어나고 말았다. 풍도는 끝내 끓어오르는 비명을 으윽, 목구멍 속으로 구겨 넣느라 애썼다. 세월이 아무리 흘러도 지워지지 않는 부모의 얼굴, 타오르는 울분이었다. 열미는 주르륵 눈물을 흘리면서 온몸을 떨었다. 잇태는 한쪽 다리를 감싸며 가쁜 숨을 몰아쉬었고 추군은 등허리가 오싹해 오는 어두운 기운을 느꼈다. 달이 이리저리 정처도 없이 하늘을 배회했다.

사대(射臺)는 원수를 붙들어다 죄를 묻는 살벌한 심판대가 아니었다. 정의로운 곳이었다. 사대에 두 발을 딛음으로써 비로소 삶의 가치를 느꼈고 살아갈 의욕을 얻게 했다. 날마다 충일해 지는 기쁨이었다. 사대에 서는 순간이 기다려졌고 지켜보는 어둠 속의 생명체, 달이 은혜로웠다. 무령은 사대는 용광로라고 말하곤 했다. 원수도 나도 내 가족도 모두 그 속에서 녹여야 비로소 활 동작의 첫걸음이 시작된다고 했다. 달을 보고 꿇어앉아 머리 숙이는 것은 비우겠다는 다짐이고 세 번 절하는 것은 베풀어 달라는 기원이라고 했다. 이런 마음 자세로 부단히 쏘고 또 쏴야 어두운 과녁도 밝게 보이고, 움직이는 것도 정물로 보이고, 궁극적으로 달의 정곡, 흑점까지 도달할 수 있다고 두륜산 노승은 가르쳤다고 했다.

그런데 오늘은 첫 사수 추군부터 호흡이 잡히지 않았다. 겨우 한 발을 쏘았는데 낙전이었다. 둘째 사수 풍도도 중구미가 뻣뻣하기만 했다. 몇 번 과녁을 겨냥했지만 줌손을 놓지 못했다. 열미도 마찬가지였다. 선소언니 얼굴이 자꾸 달과 겹쳐졌다. 다리를 절기 때문에 완력을 배가시켜 명궁이 되겠다는,

포부 만만한 잇태도 분위기에 눌렸는지 화살이 힘없이 날아가다가 작은 나뭇가지 속으로 사라졌다. 무령만이 본보기대로 활동작을 펴 시위를 당겼다. 화살이 날아가 적중하는 소리가 밤공기에 조그마한 파장을 주었다.

"활쏘기가 그렇게 힘드오? 야사(夜射)라서 그러오?"

흔박이 조심스럽게 물었으나 아무도 대답하지 않았다. 패두 추군이 일동에게 말했다.

"오늘은 안 되겠소. 지나온 얘기에 억눌려 술에 취한 듯 정신을 흩트렸으니 사대에 서기가 부끄럽군요. 여기서 파합시다."

무령이, 이렇게 미혹에 빠져서 어찌 궁술을 익히겠느냐고 불평했지만 다들 전대에 화살을 꽂았다. 말없이 굴피집으로 돌아왔다. 보리가 끙끙거리며 맞았다.

"내일부턴 우리가 월동할 방을 얽어야겠습니다. 양곡을 아끼기 위해 본격 사냥도 나가고 계곡 물고기도 잡아 말려야죠. 다들 땀 흘리면서 산아랫 잡념을 잊읍시다."

유추군이 다짐을 놓았다. 일동은 말없이 제 잠자리를 찾아들었다. 흔박의 처와 딸은 열미가 데리고 들어갔고 남은 무리는 공방으로 들어가 허리를 폈다.

흔박도 잠을 청했지만 동공은 영 닫히지 않았다.

지워야 한다. 원수를 지우고 원한을 지워야 한다. 나도 활을 배우고, 다루기 위해 그들을 잊어야 한다.

아직 해가 한 발은 남았을까, 백주에 칼을 찬 몽골 병사 놈하나가 흔박의 집 안으로 성큼 들어섰다. 두 칸 방에 부엌간하나인 그야말로 빈한한 삼간초가였다. 하지만 놈은 이 집에차지할 것이 있다고 며칠 전부터 겨누어오던 터였다. 놈이 성큼성큼 다가와 섬돌 위에 놓인 짚신 두 켤레를 보았다. 짚신을 발로 툭 차버렸다. 문을 벌컥 열고 눈꼬리를 치뜨고 으스스 웃었다. 방 안에 앉아 옷을 벗고 이를 잡던 모녀는 깜짝 놀라 벽으로 물러났다. 놈이 딸 앞으로 가서 벗은 윗몸을 툭 건드렸다. 어미가 놀라 놈 발밑에 꿇어, 아직 어려서 제 앞섶도여미지 못하는 애라며 두 손으로 싹싹 빌었다. 놈이 어미를발로 차 쓰러트렸다. 고양이 앞에 쥐가 된 딸을 놈이 붙들어세웠다. 윗방 문을 열고 딸을 쳐 밀어 넣은 후 칼을 뽑아 들여댔다. 성가시게 굴면 찔러 죽이겠다는 험악한 얼굴이었다.바들바들 떨고 있는 딸을 놈이 방바닥에 쓰러트리고 치마폭을 올려붙였다. 앙징맞은 속곳이 드러났다. 사색이 되어 온몸이 얼어붙은 딸에게 놈이 바지춤을 까내리고 덤벼들었다. 이 때였다. 어미의 두 팔이 신들린 듯 허공을 갈랐다. 시렁에 걸려 있던 홍두깨를 빼 든 팔이었다. 뒤통수를 강타당한 놈이 비명도 없이 나가떨어졌다. 피는 튀지 않았다. 놈은 다시 일어날 줄 몰랐다. 어미와 딸이 아랫방으로 도망쳐 와 파랗게 질렸다. 동공이 풀려 있었다. 저 어마어마한 몽골놈을 죽인 것이다. 왕조차 무서워하는 몽골놈. 죽어서도 고이 있을 리 만무했다. 그때 흔박이 돌아왔다. 발싸개를 풀고 방안을 들여다보던 남편이 곧 사태를 알아차렸다. 떨고 있는 처자를 다독였다. 날이 저물었다. 남편은 마당 가 두엄자리를 파고 흔적도 없이 놈을 파묻었다. 잘했다, 내 아내. 흔박은 겁나 하지 않았다. 겁을 내서는 영영 질곡 속에 갇힐 뿐이다.

흔박이 끄응- 신음을 내며 모로 뒤쳐누웠다.

9.

금강산 궁무암(弓武庵)으로…

이른바 산채(山寨)가 완성됐다. 첫눈이 내리기 전이었다. 열두 명이 혼연일체가 되어 상수리나무를 베어 나르고 싸리나무를 얽은 위에 진흙을 이겨 발랐다. 방이 네 개, 곳간이 두 개, 곳간 위엔 이 층 망루까지 들었다. 망루 처마에는 「弓牌」라고 쓴 현판이 내걸렸다. 유 추군이 말렸지만 흔박이가 굳이 나무 판대기에 써서 달았다. 서체는 봐줄 만했지만 나무 면이 고르지 못해 모양은 나지 않았다.

땔감으로는 연기가 없는 싸리나무만 썼다. 눈이 쌓이기 전에 채근(菜根)이나 목실(木實)을 구했다. 남정들은 활을 메고 짐승 자욱을 밟았다. 그럴 때도 한 사람이 남아 망루를 지켰다.

멀리로 연천봉(連天峰)이 보였다. 봉우리에서 흘러나가는 능선이 때를 기다리는 청룡 같다고 풍도는 말했다. 양광도 계룡산, 전라도 모악산, 그리고 서해도 궁흘산은 농사짓던 백성들이 가혹한 수탈을 견뎌내지 못하고 숨어드는 산이었다. 들판 가운데 거연히 솟아 누구든 품어줄 듯싶었으나 종당엔 도적으로 변하여 목구멍에 풀칠할 길을 찾아 나섰다. 조정에서 보고 들은 게 많은 유 추군이 그렇게 말했다. 우리가 궁패라고 현액한 것도 도둑떼로 변질되려는 마음을 다잡으려는 결단이라고 흔박은 못 박았다.

산채가 완성되고 열두 명 패거리는 패두의 명을 일사불란하게 따랐다. 거기에는 신궁에 대한 믿음이 절대적이었다. 신궁을 찾는 것은 그들 삶의 목표였다. 그 길을 제시하고 유도하는 자가 패두였다.

날이 풀리고 계곡에 물소리가 쿨쿨거리는 어느 날 거지꼴의 남정 넷이 또 산채를 찾아들었다. 겨우내 배를 주렸는데 해가 바뀌자 다시 몽골 둔전말에 노역 나갈 사람을 뽑는다고 설치더라는 것이었다. 끌려가기 전에 어디로든 도망쳐야겠다고 초조해하는데 궁홀산 팔부 능선 얘기가 들렸다. 비상한 사람들이 살고 있다는 것이었다. 몽골 군사들한테 한 맺힌 사람들일 거라고 직감했다. 뜻이 맞는 벗들과 함께 마을을 떠나왔다.

유 추군은 걱정이 앞섰다. 세간에 우리 산채가 입에 오르내리기 시작한 것이다. 몽골군과 왕이 가만둘 리 없었다. 지금 와서 산 밖에 대고 궁채의 뚜껑을 온전히 덮을 수는 없었다. 무령은 우리도 방어 훈련을 서둘러야 한다고 나섰다. 흔박과 풍도도 같은 생각이었다.

새로 온 네 장정은 요행 손 솜씨가 있어서 무령을 도와 화살을 만들었다. 산에 자라는 싸리나무를 깎기도 했지만 풍도가 구해오는 대나무를 부잡이통에 넣어 졸을 보고 물모레질도 잘했다. 무령이 시키는 대로 상사자리와 오늬자리를 정교하게 깎고 나서 민어부레풀을 발라 오늬를 만들었다. 촉토리도 끼웠지만 산중 습사라 일일이 깃을 붙이지는 않았다. 살촉을 구하려고 풍도가 여러 번 먼 산 절간으로 나가 동종(銅鐘) 제련하던 대장장이를 은밀히 접하고 왔다.

남정들은 봉우리와 봉우리를 매일 돌았고, 열미와 두 아낙도 습사에 열중했다. 그러면서 산 아래 군사들이 이 높고 험한 산을 눈여겨보지 않기만을 바랐다. 풍도는 매일 삼시 염불을 송했다.

식구가 또 늘었다. 일 철이 시작되면서 부창으로 누렇게 뜬 거렁뱅이 너댓 명이 뱃가죽을 움켜잡고 나타났다.

유 추군은 전략을 바꿨다. 산비탈을 따라 밭을 일궜다. 활과 화살을 창고에 꼭꼭 숨기고 농구를 들었다. 우선 이 많은 식구들의 양곡을 마련하는 게 급선무였고 누구에게도 칡뿌리라도 캐 먹으러 산에 올라온 부랑민들로 보이는 게 중요했다. 망루의 현판도 떼 내고 나뭇단을 무져 놓았다. 비탈밭에는 조와 콩을 심었다. 물 없이도 잘 자라는 피씨도 뿌렸다. 풍도는 산 아래로 내려가 표나지 않게 탁발도 했다. 민심을 캐는 게 우선이기는 했지만 식량에 조금이나마 보탬이 되었다.

열미보다 세 살 적은 흔박의 딸은 열미를 친언니처럼 따랐다. 제 본이름이 있지만 아미라고 개명까지 했다. 열보다 하나 적은 아홉에서 따온 것이라고 했다. 활터에 나가면 열미보다 훨씬 더 열성이었다. 목표를 맞추려는 의욕이 남정들보다 강했다. 아미는 그것이 제 살길임을 이제는 깨달았다고 했다.

아미는 산채에 들면서 아빠가 숨겼던, 몽골 병사 살해 비밀도 소곤소곤 열미에게 털어놨다. 그녀가 궁술 연마에 남다른 열의를 갖는 이유가 납득되었다.

식구가 또 불어났다. 어느덧 서른 사람이 넘었다. 굴피집을 한 채 더 엮었다.

활터에서의 습사는 자원자만 골라 하기로 했다. 나머지는 주로 농사와 탁발에 나섰다. 자연적으로 분업이 이뤄진 셈이었다. 사냥과 습사는 무령이 패두였고 농사는 풍도가 책임졌다. 그것을 아우르는 도패두는 물론 추군이었다.

"이러다가 나라를 세워도 되겠소."

흔박이 농으로 지껄였지만 추군은 입조심을 시켰다. 아울러 두려움도 컸다. 수십 명이 넘는 궁패들 사이에 균열의 조짐이 생기기도 했다. 우선 배불리 실컷 먹을 수 없는 여건이 문제였다. 일부 사람들이 자꾸 산 아래를 내려다보기 시작했다. 이러나저러나 굶주리기는 마찬가지라는 뜻이었다. 관병의 불시 습격에 대한 두려움도 컸다. 그런데 그 두려움이 현실로 닥쳐왔다. 서너 명이 말없이 자취를 감춘 것이었다. 그들이 내려가서 이곳을 까발릴지 모른다는 우려가 궁패들을 긴장시켰다. 풍도가 계송을 읊고 무령이 습사를 닦달해도 심드렁해하던 자들이 또 사라졌다.

노랑나비가 하늘거리는 아늑한 하늘에 흰 구름이 살아 돌아다녔다. 자주색 메꽃망울 돋아나는 깊은 숲에는 명지바람이 하늘거렸다.

밤이 되자 달이 떴다. 습사 패들이 활터로 나갔다. 산 밑 세상으로 통하는 비탈길엔 바람에 흔들리는 풀잎이 달빛을 부끄러워했다. 그런데 그때였다. 하늘 복판에서 둥글박만 한 불덩이가 꼬리를 길게 늘인 채 떨어져 내렸다. 불덩이는 곧장 사달봉에 내리꽂혔다. 습사 패들은 벌린 입을 다물지 못했다. 무슨 징조일까. 멀리서 은은한 메아리가 일더니 연하여 다시 다가왔다. 일동은 귀를 기울여 소리를 따라갔다. 소리는 점차 목구멍을 긁어내는 쇳소리로 변해 갔다. 십 리 밖일까, 그건 영락없는, 하늘을 대언(代言)하는 호성(虎聲) 같았다. 일동은 그 자리에 얼어붙었다. 경외감이 머리끝으로부터 등줄기를 타고 내렸다. 오고 있다. 무언가 가까이 이르러 있다. 기대감이 희열로 바뀌었고 달빛으로 찬란한 무겁터에 새삼 가늠하기 어려운 생기가 돌았다.

"신궁을 내실 조짐일까요?"

열미가 조심스레 물었다. 추군이 말없이 고개를 끄덕였다. 그리고 그 자리에 꿇어앉았다. 일동이 모두 따라 꿇었다.

다시 호성이 하늘 복판을 내질렀다. 어디에서 오시려는 걸까. 오셔서 어떻게 하시려는 걸까.

산채를 지키던 동패 하나가 헐레벌떡 활터로 내려왔다.

"보리가 사지를 부들부들 떨더니 사라졌습니다."

그러고 보니 그 소리가 가까이 와 있었다. 십 리 밖이 아니라 수천 보(步) 안이었다. 이제는 사달봉을 넘어 궁채를 향한 듯했다. 추군은 사수들을 일으켜 곧장 집안으로 피해 들었다. 문을 단단히 걸어 잠그고 호적을 엿보았다. 호랑이가 앞머리 산봉에 좌정하는 기색이 느껴졌다. 간간이 끈적끈적 짧게 투그리는 콧김 소리를 냈다. 잠을 이룰 수가 없었다. 처음 겪는 일이었다.

새벽부터 방문 판대기를 발톱으로 긁었다. 보리가 돌아왔다. 낑낑대는 소리도 들렸다. 울부짖는 소리나 다름없었다. 예사롭지 않았다. 추군이 문밖으로 내달았고 남정들이 뒤따랐다. 보리가 계곡 아래를 내다보고 있었다. 병정들이었다. 창을 들고 칼을 찬 여나문이 산채를 향해 다가오고 있었다. 그뿐이 아니었다. 사달봉 가파른 능선을 넘는 또 다른 한 무리의 병정도 보였다. 무령이 재빨리 활을 가져왔다. 흔박의 안식구가 동패들을 깨워 산채 뒤 수림 속으로 몸을 피했다.

병정들이 무겁터에 이르렀다. 과녁 중앙에 자리 잡은 송골매 형상을 뜯어내고는 나머지 부분을 난도질해 버렸다. 거침없이 사대로 진입하더니 돌계단으로 향했다. 이제 수백 보 거리였다.

"쏴라."

무령의 명이 떨어지자 망대에서 화살이 날아갔다. 병정들이 땅에 엎드려 기어 오기 시작했다. 화살이 연이어 날아갔다. 그러나 그들의 진입은 거침이 없었다. 찬란한 달빛 아래서만 울었던 것일까. 화살이 울지 않았고 명중도 시키지 못했다. 놈들이 턱밑까지 들어 와서야 겨우 한두 놈이 비명을 질렀으나 쓰러지지는 않았다. 게다가 사달봉을 넘어온 또 다른 무리들이 궁채의 뒤쪽에서 달음박질쳐 왔다. 창을 높이 쳐들고 고함을 지르는데 몽병들이었다.

"안 되겠소. 몸을 피합시다."

무령이 외쳤다.

"그렇소. 개죽음을 당할 순 없어요."

풍도가 맞받았다. 긴박했다. 추군이 외쳤다.

"다들 우리 종산 묘막에서 만납시다."

"그럽시다. 우리 꼭 살아서 만나요."

풍도가 외치며 궁채 뒤 수림 속으로 뛰어가 궁패들을 이끌었다. 계곡을 타기 시작했다.

"패두님, 아장님, 어서 피하십시오. 내가 여길 지키겠습니다."

흔박이 공방에 비치됐던 녹슨 칼을 들고나왔다. 머뭇거리는 추군과 무령의 등을 거칠게 떠밀었다.

잠시 후 고려병과 몽병이 합류하면서 궁채는 점령되었다. 고려병이 도주한 무리를 뒤쫓기 시작했다. 몽장 올리대가 말안장에서 뛰어내리더니 생포된 흔박의 따귀를 올려붙이고 무릎을 꿇리었다.

"이놈 쌍판이 그 악질놈 맞소?"

올리대가 고려병 군관에게 물었다. 군관이 손가락으로 흔박의 턱을 들어 올렸다. 요모조모 뜯어보고 말했다.

"분명합니다. 그놈입니다."

"놈의 눈깔을 뽑아도 시원찮도다."

올리대가 어금니를 갈았다. 흔박은 입을 꾹 다물고 눈을 감았다. 병졸들이 궁채에 난입했다.

"텅 비었습니다."

"도망쳤구나. 추격하라."

올리대가 펄펄 뛰었다. 병정들이 산속으로 흩어졌다.

"이놈이 제물이 되려고 남은 게 틀림없습니다."

고려병 군관이 올리대에게 보고했다.

"네놈의 지집년이 우리 상국 군사를 홍두깨로 때려죽인 게 맞느냐?"

올리대가 근엄하게 추궁했다.

"내가 죽였다."

"그렇다고 네 처나 딸년이 무사할 순 없지. 상승국 폐하의 진노를 네놈이 어찌 감당하겠느냐? 이 소굴을 빠져나갈 수 있겠느냐?"

"여기는 궁채다. 우리는 산적이 아니라 궁패다."

흔박이 거침없이 일갈했다. 무슨 소린지 의아해하는 올리대에게 고려병 군관이 뜻풀이를 해 줬다. 올리대가 같잖다는 웃음기를 머금고는 명했다.

"그년들을 잡아올 때까지 놈을 묶어라."

흔박이 '궁패' 현판이 달렸던 망루 기둥에 묶였다.

"보아하니 놈들은 강도질을 한 게 아니라 반역을 꿈꿨습니다. 창고에 활을 만들었던 흔적이 어지럽고 더욱이 과녁판에 매를 그려 놓고, 그 눈을 아주 또렷이 그려놨습니다."

"매일 매의 눈을 쐈구나."

"주상 전하를 쏜 거나 다름없습니다."

"어디 고려왕뿐이냐. 황제 폐하도 매사냥을 좋아하신다."

"하늘을 활개 치는 날짐승 중에 매만큼 영특한 것이 어디 있나요?"

고려병 군관이 추임새를 넣었다.

궁채 한쪽이 시끄럽더니 두 남녀를 포박한 병졸들이 나타났다.

잇태는 발걸음이 느렸다. 급하다 보니 자꾸 넘어졌다. 잇태 옆을 따르는 보리에게만 맡겨둘 수 없었다. 처음부터 남매처럼 의지하여 온 사이다. 열미는 대열을 이탈했다. 흔박의 안식구와 딸이 극구 말렸으나 열미는 뿌리쳤다. 죽어도, 살아도 함께 가야 한다는 생각이 가슴을 때렸다. 계곡에 이르자 비탈은 더욱 심해졌고 잇태는 낙담했다. 괴춤에 고이 간직해 오던 수리검을 들춰냈다. 오랫동안 은닉했던 칼에는 검은 녹이 슬어 있다. 이것으로 한 놈이라도 처치하고 발길을 저지해야 한다. 열미더러 어서 멀리 피하라고 소리쳤다. 그러나 열미도 보리도 발자국을 떼지 않았다. 잇태는 북받치는 소리로 애원했다. 그러나 열미는 잇태를 지키겠다는 일념으로 한 발짝 더 다가붙을 뿐이었다. 급기야 잇태의 칼끝에 만만히 보고 달려들던 놈 하나가 거꾸러졌다. 그리고 그뿐이었다. 그들은 함께 놈들에게 묶였다.

흔박의 눈이 휘둥그레졌다. 열미와 잇태였다. 그들이 올리대 앞에 꿇어 앉혀졌다. 올리대의 얼굴에 거오의 빛이 돌았다.

"이놈이 우리 황군 병사를 찔렀습니다. 이게 그 칼입니다."

"참으로 가증한 놈이로구나. 달걀로 바위를 쳐도 유분수지."

올리대가 잇태를 내려보며 혀를 차더니 윽박질렀다.

"네놈들이 반역을 도모한 증좌를 다 캤다. 순순히 불거라."

"우리는 신궁을 만나려 한 것뿐이다."

열미가 외쳤다.

"네년이 이 역적놈의 딸이냐?"

올리대가 흔박과 열미를 번갈아 보며 물었다.

"아, 아닙니다. 저 처자는 내 딸이 아닙니다. 아무 죄도 없습니다."

흔박이 처연히 존댓말로 목심줄을 붉히며 외쳤다.

"이 안에 계집이 몇이나 있었느냐?"

올리대가 물었다.

"셋입니다. 아니 열도 더 됩니다."

흔박이 횡설수설하는 척 얼버무렸다.

"저놈이 상국 장수를 기만하는구나. 간댕이가 뱄다."

올리대가 중얼거리자 병졸들이 달려들어 흔박의 어깻죽지를 창자루로 내리쳤다. 통증에 겨운 흔박이 목을 축 늘어뜨렸다.

"그만하시오. 몽골엔 죄 없는 자도 그렇게 치는 법이 있소?"

잇태가 부르짖었다.

"이 절뚝발도 입이 살아 있구나."

몽병이 잇태에게 사정없이 채찍을 휘둘렀다. 잇태의 팔에 핏줄이 돌았다. 갑자기 컹컹컹 암팡스레 개 짖는 소리가 들렸다. 망루 뒤 기둥 밑에서였다. 미친개도 있었구나. 병사들이 창을 꼬나들고 보리에게로 달려들었다. 보리는 이빨을 사리물고 네 발을 웅크려 병사 앞에 투그렸다. 병사가 겁을 먹고 주춤하는 사이 보리가 날아들어 병사의 목덜미를 물었다. 피가 뚝뚝 떨어졌다. 잡아, 죽여, 외치며 병사들이 달려들었다. 보리야, 가, 가, 도망가. 잇태가 외쳤다. 보리는 잇태를 한번 쳐다보고 뒤돌아서더니 금세 수풀 속으로 사라졌다.

"네가 저 개 주인이냐?"

올리대가 물었다.

"그런 셈이다."

"개가 아니라 우리 식구다."

열미도 신음처럼 대답했다.

"저년은 별별 미친 소리를 다 하는구나. 개를 식구라잖나, 신궁을 만나겠다잖나."

올리대가 혀를 찼다. 그때 도열한 병사 속에서 한 사내가 열미를 뚫어져라 쳐다봤다. 가슴이 방망이질 치기 시작했다. 호흡이 가빠지고 낯빛이 붉어졌다. 동아였다. 공녀를 피하여 속세를 닫고 절에 들어갔다고 들었다. 자신과의 모든 인연을 끊고 불도에 정진하는 줄 알았다. 하늘이 야속했지만 잊어버리고자 애썼다. 그런데 이 깊은 산채에서 그녀를 만나다니.

해가 불쑥 떠오른 뒤에도 수색은 계속되었다. 후미진 산길을 제법 아는 놈들이 골짜기 구석구석을 돌며 이 잡듯 뒤져나갔다. 산을 벗어나면 시야가 훤히 트이는 평지가 나온다. 서쪽으로는 수십 리 바깥 짝을 바다가 막고 있다. 계곡에 숨어 있지 않다면 뿔뿔이 흩어져 마을로 내려갈 도리밖에 없으리

라. 그렇다면 이제 하산하여 민가를 뒤지는 게 상책이었다.

해가 중천에 이르렀을 때 수색 나갔던 병사들이 모두 돌아왔다. 그런데 그 속에 한 여인이 묶여 있었다. 흔박의 처였다.

"이 년이 훼방을 놓는 바람에 놈들을 놓쳤습니다."

몽병 한 놈이 씨근덕거렸다. 적병이 지척에 이르자 흔박의 처가 은신처를 뛰쳐나갔다. 윗옷을 벗어젖히고 눈앞에 들어오는 병졸놈들에게 외쳤다.

"산적 떼 놈들이 저리로 도망쳤소."

흔박의 처는 반대쪽을 가리켰다. 그리고 언구럭을 떨었다.

"놈들한테 붙들려와서 짐승처럼 살았다우. 놈들을 얼른 추포하여 내 원을 좀 풀어 주시구랴."

병졸들이 흔박처를 앞세우고 그녀가 가리킨 쪽으로 내달렸다. 그러나 점차 궁패들과 멀어지고 있는 걸 눈치챈 건 한참 뒤였다.

철수를 서두르던 올리대가 흔박처를 확인히고 눈꼬리를 치떴다.

"이 년이 상국 병사를 해한 년이 분명하냐?"

올리대가 확인했다. 이제야 쥐새끼 같은 인간을 척결한다는 확신이 섰다. 올리대가 다시 물었다.

"저 젊은 년이 늙은 이 연놈의 딸 아니냐?"

무언가 결단을 내리려는 물음이었다. 이때 대열 속에 있던 동아가 용기를 내어 나섰다.

"저하, 저년은 제가 압니다. 딸이 아닌 게 분명합니다."

"어떻게 아느냐?"

"소싯적에 한마을에서 자랐습니다."

"그럼 이름이 뭔지도 알겠구나?"

"열밉니다."

제 이름이 튀어나오는 순간 열미가 고개를 들어 소리 나는 쪽을 쳐다봤다. 사람에 가려 얼굴은 보이지 않았다. 그러나 어딘가 낯익은 목소리였다.

"그게 맞다면 저 늙은 연놈의 딸은 아니로구나."

올리대가 다시 하산을 서둘렀다.

"저 반노들을 어찌할지요?"

고려병 군관이 물었다.

"날파리만도 못한 놈들, 눈깔 뺄 것도 없다. 태워 없애라."

올리대가 아주 가볍게 명령했다. 고려병 군관을 젖히고 동아가 앞으로 한 걸음을 내디뎠다.

"저하, 놈들을 태우기보단 인질로 삼으면 산 아래로 내려간

역도들을 추포하는 데 이롭습니다."

"귀찮다고 하지 않았느냐. 우리 군사들이 길목마다 좍 깔렸는데 놈들은 뛰어봐야 메뚜기다."

올리대는 한번 내린 명을 재촉했다. 동아가 고려병 군관에게 매달렸다.

"열미라는 여자 하나라도 살려서 데려가야 놈들을 잡기 수월합니다. 끌고 가는 게 귀찮다면 제가 책임지고 데려가겠습니다."

"네 말에도 일리가 없는 건 아니지만 저하가 저렇게 나오니 낸들 어쩌겠느냐?"

동아는 앞이 캄캄했다. 이번에는 군관의 귀에 대고 야릇한 목소리로 속삭였다. 군관이 회심의 미소를 짓더니 올리대에게 다가갔다.

"년을 불사르기엔 아깝습니다. 묶어서 데려갔다가 몸맨두리를 꾸며서 오늘 밤 저하 처소로 올리겠습니다."

올리대가 히죽 웃었다.

"알았다. 젊은 년만 데리고 가자꾸나."

올리대가 올라탄 말이 궁채를 벗어나기 시작했다. 포승에 묶여 병사들 뒤에 선 열미가 자꾸 뒤를 돌아보았다. 흔박 내외가 서로를 바라보며 눈을 감았다. 궁패 윗분들이 무사한 것을 안도하는 얼굴이었다. 용케 도망친 딸이 어떻게든 목숨을 부지하라는 희원이었다.

잇태가 웃어 보였다. 넉넉한 웃음이었다. 내려가서 언젠가 꼭 신궁을 찾으라는 당부였다.

열미의 눈에서 뜨거운 눈물이 쏟아졌다. 발걸음이 떨어지지 않았다. 동아가 옆에 와서 팔을 잡았다. 뱀의 그것처럼 소름 끼쳤다.

궁채에서 화염이 치솟기 시작했다.

올리대의 본거지는 봉주였다. 비록 지금은 종전군(種田軍) 본영이 폐쇄됐다고 하나 개경과 서경을 잇는 요로인 만큼 몽병 일부가 여전히 진주하고 있었다. 산을 다 내려와서 올리대는 말채찍을 가했다. 기병들 뒤꽁무니에 열미 묶은 말이 달렸고 그 옆에는 동아가 따랐다.

저녁나절이 되기 전에 몽병 주둔지의 영문이 열렸다. 열미가 끌어내려졌고 옥뢰가 아닌 객사에 구금되었다. 봉주 땅에 외삼촌이 산다는 생각이 잠깐 스쳤으나 부질없는 잡념이었다. 그보다도 화염 속에서 자기를 이끌어낸 동아란 자의 행투가 도대체 궁금했다. 아무리 기구한 인연이라지만 궁채에서 죽음 직전에 그를 만난 게 무슨 조홧속이란 말인가. 공녀 차출을 면하려고 그와 혼인을 서두를 때 그는 어디로 사라졌더란 말인가. 무엇보다 자기만을 죽이지 않고 객사에 유폐시키는 저의가 무어란 말인가. 동아는 알 것이다. 하지만 해가 저물도록 코빼기조차 보이지 않는다.

날이 저물었다.

객사 밖 뜰에 횃불이 당겨졌다. 너울대는 불어리가 칼날이 되어 열미의 가슴을 찢는다. 잇태가 죽었다. 짐승 같은 놈들에게 화형을 당했다. 사람이라는 게 무섭다. 목숨 부지하고 산다는 게 가소롭다.

객사 문이 열렸다. 순라가 끌어낸다. 어디로 가려는 걸까. 몇 발자국 횃불 앞으로 걸어가니 아는 얼굴이 나타난다. 동아다. 능글맞은 웃음으로 열미를 인수한다. 열미는 팔꿈치로 동아를 밀었다. 홀연히 사라지면서 인연이 끝난 남정이다. 객사를 벗어나니 놈들의 게르가 거대한 바가지처럼 띄엄띄엄 엎드려 있다. 한순간 그 아가리를 벌리고 열미를 잡아채 들일 것 같다. 열미는 자기도 모르게 동아에게 어깨를 붙였다.

"여긴 손바닥처럼 잘 알아. 내가 하는 대로 아뭇소리 없이,

주저치 말고, 따라와."

동아가 귀에 대고 쏘근댔다. 열미가 동아를 흠칫 쳐다봤다. 동아의 안색은 어느새 완연 딴사람으로 바뀌어 있었다. 꾹 다문 입술 위 동공에서는 낮에 보지 못했던 광채가 어려 있다. 뜰로 들어서기 전, 커다란 나무 밑에서 동아는 열미의 팔꿈치를 당겼다. 게르의 반대쪽이었다. 몽골 병사가 지나갔으나 동아는 가벼운 몽골말로 응수했다. 군데군데 횃불이 타고 있었고 병정은 오락가락 보였지만 길을 막지는 않았다. 동아는 가시나무 근처 어둠이 짙은 쪽으로 발걸음을 틀었다. 높직한 울바자 밑으로 개구멍이 나 있었다. 동아가 열미를 그 안으로 밀어 넣었다. 억센 가시가 살갗을 찔렀다. 입을 악다물었다. 동아가 뒤따라 구멍을 빠져나왔다. 둘은 냅다 뛰기 시작했다. 거목이 늘어선 언덕 뒤로 민가 한두 채를 지났고 논밭도 가로질렀다.

멀리 뒤로 병영이 보였다. 횃불이 요란스러웠다. 둘은 다시 뛰기 시작했다. 한길을 피하여 산으로 접어들었다. 남쪽으로 가면 개경, 북쪽이면 서경이다. 열미는 서쪽으로 가자고 했다. 그곳엔 궁홀산이 있다. 궁채는 불타버렸다고 동아가 깨우쳐 주었다. 그래도 열미는 서쪽이었다. 밤새 걸으면 내일 중으로 도달할 수 있지 않느냐고도 물었다.

이름 모를 산 능선에 올라섰다. 온통 암흑 천지에 간간이 산 짐승 우는 소리다. 하늘엔 달도 별도 없다. 검은 구름이 두꺼울 것이다.

사월이었지만 능선은 쌀쌀했다. 숨이 턱에 닿도록 도망쳐 왔으니 팔다리도 지쳤다. 둘은 풀섶에 잠시 엉덩이를 놓았다. 짐승 소리가 날 때마다 동아는 옆구리에 찬 칼로 손을 가져갔다. 열미가 비로소 입속으로 물었다.

"왜 나를 살렸어?"

"우린 정혼한 사이니까."

"왜 그때 말없이 사라졌지?"

"놈들에게 납치당한 거였지."

"어떻게?"

"바로 거기 봉주, 네가 알다시피 외삼촌 댁에 혼사를 상의 드리러 갔다가."

"외숙모가 우릴 중매하셨지."

열미가 비로소 제 목소리를 냈다. 축축하고도 따뜻한 음색이었다.

"와 보니 그분들은 이미 그곳을 떠났더라고. 종전군 횡포 때문에 사람 살 곳이 못 됐던 거야. 외삼촌 행방을 수소문하러 여기저기 기웃거리다가 부랑자로 몰렸지. 병영으로 끌고 가더니 막무가내로 잡일을 시키더라고. 처음엔 도망칠 생각도 했으나 잡히면 개죽음일 테고 먹여주고 재워주니 그럭저럭 붙어 있게 됐지. 신역은 고됐지만."

"내 생각은 안 났어?"

"왜 안 났겠어. 찾았지. 내가 몽골 군관한테 신임을 얻고 나서, 고려 병사가 되면서부터 매일 찾았지. 그러다가 알았지. 네가 비구니가 됐다는 걸."

"그래서 단념했어?"

"그저 구름장에 적어놓고 가슴만 아파했지. 그런데 산채에서 널 보는 순간, 아니 네가 열미라는 게 확인되는 순간, 나는 숨이 막히고 말았어. 이건 하늘이 맺어준 인연이다."

"거긴 산채가 아니라 궁채야. 우리는 도둑떼가 아니거든."

"관군에선 도둑 떼 그리고 역적 떼라고 지목했어. 흔박이를 찾느라 혈안이 됐었거든."

"즈덜 목숨만 중하다는 거지?"

"어쩔 수 없어."

"그러니까 궁채를 짓고 궁패를 만든 거야."

열미의 어투가 높아졌다. 동아가 물끄러미 열미의 얼굴을 들여다보았다. 어둠 속이었으나 열기가 느껴졌다.

"나도 맘이 편치는 않았지."

동아가 중얼거렸다. 열미가 동아의 손을 잡았다.

"그러니까 우리 함께 찾아가자."

"어딜?"

"패두의 조상 무덤, 묘막에서 은밀히 만나자고 했어. 목숨이 붙어 있는 한 찾아올 거야."

"패두? 네 옆에 있던 그 남정?"

"아니야. 걔는 내 의동생일 뿐야. 패두님은 살아 계셔. 꼭 거기서 만날 거야."

"궁패가 뭔데?"

"날 따라오면 알게 돼. 가자."

열미가 일어났다. 어둠과 풀섶을 헤치며 산비탈을 내리밟았다.

해가 떠오르고, 행인들의 눈을 피해 걷다가 숨다가, 그날 저녁때가 다 되어 겨우 어느 커다란 봉분 앞에 이르렀다. 유 추군의 선조를 모신 무덤이었다. 봉분 근처에는 예상대로 묘막이 있었으나 초라한 초가 한 채였다. 멀리로 석양을 받은 궁홀산 그리메가 우두커니 묘막을 지켜보고 있었다. 사람이 들어 있는 것 같진 않았다.

동아가 묘막을 뜯어보다가 이윽고 다가갔다. 조심스레 방문을 열자 머리가 하얗게 센 노인이 고개를 돌렸다. 눈과 귀가 어두운 듯 문밖 동정에 귀를 쫑긋 세우고 잠자코 기다리는 눈치였다.

"유 직원이 어디 계시오?"

낮은 물음이어서인지 알아듣지 못하는 기색이었다. 목소리를 높여 다시 물었다.

"다녀갔어. 우리 유 직원 나리가 다녀갔어."

"갔어요?"

"댁도 문중인가?"

"어디로 갔어요?"

"오늘은 어째 사람이 자꾸 오네."

"또 누가 왔어요?"

"누군지는 몰라."

"아무 말도 없었나요?"

"궁패를 알어?"

"압니다."

옆에서 열미가 열띤 목소리로 대답했다.

"이걸 보여주라고 했어."

노인이 짚 자리 밑에서 고이 접힌 쪽지를 꺼냈다.

「금강산 궁무암」

열미는 유 패두가 건재함을 느꺼워했다. 아무리 역풍을 맞아도 꺾이지 않는다는 확신에 몸이 떨렸다. 가슴이 뛰었다.

어느덧 해가 서산을 넘을 태세였다. 천 리 길도 첫걸음부터라고, 열미는 금강산이 있다는 머나먼 동녘으로 눈을 돌렸다. 검푸른 물결 속에서 해가 솟구치는 곳, 철 따라 변화무쌍하게 태를 바꾼다는 영명한 산. 말로만 듣던 금강산이었다.

궁홀산은 사람을 이끄는 위엄과 덕을 품었지만 평지에 우뚝 솟아 깊은 맛이 없었다. 서경으로 가는 길에서 가까워 사람들 눈에 쉽게 노출되는 곳이었다. 궁채가 소실되고 여러 명이 죽고 흩어지는 비운이 거기 있었다. 열미는 유 패두의 깊은 뜻을 금방 헤아렸다. 이제 동아가 어떻게 나올 것인가가 문제였다. 동아가 포기한대도 홀로 봉두난발 찾아가야 할 곳이다. 가다가 목숨을 잃는대도 딴마음을 먹을 일이 아니다.

그날 밤은 묘막에서 신세 지기로 했다. 봉주로부터 백여 리를 걸어온 몸이 천근이었다.

동아는 가타부타 말이 없다. 묘막 노인이 건넨 깡조밥을 한 덩이 먹고 부엌간에 짚을 깔고 누웠다. 다행히 사월이라 오금을 파는 한기는 아니었다. 둘이 엇비슷이 누웠다. 눈꺼풀은 감기는데 머릿속은 점점 맑아 왔다. 진흙고개, 살던 집이 생각났다. 공녀로 뽑혀 집을 나서던 언니가 보였고 언니가 그리워 울고부는 어머니가 보였다. 잿더미에 파묻어 공녀 채집꾼으로부터 지켜주던 어머니가 보였다. 그리고 여러 날, 여러 달, 동아를 기다리다 머리를 깎게 한 그 어머니가 보였다. 살아계실까. 가슴이 쩌릿해 오면서 훅, 하고 치받쳐 오는 설움이 있었다. 동아가 몸을 뒤척였다. 눈물 닦은 열미의 손이 자기도 모르게 동아의 손으로 갔다.

"우리 정혼했던 게 맞지?"

열미의 목소리는 물기에 잠겨 있었다. 동아가 열미의 손을 지그시 눌러 잡았다.

"나 금강산까지 데려다줄 거지?"

눈물이 주르륵 볼을 타고 내렸다.

"염려 마."

동아의 목성이 뜨거웠다.

"날 왜 데려다주지?"

"네가 가고 싶어 하니까."

"가다가 지치면 또 말없이 사라질 거지?"

"오히려 네가 나를 버릴 것만 같애."

"맞아 나는 사라질 거야. 궁패를 만나면 그 속으로."

"나도 궁패에 들면 안 될까?"

"그건 패두 님이 정하실 일이지."

"패두라는 분, 당신하고 정분 있어?"

"정분?"

열미가 되뇌며 진지한 얼굴로 동아에게 되물었다.

"너도 신궁을 알아?"

"신궁?"

"그것을 알고 궁패를 입에 담아."

열미가 단호한 표정을 지었다. 묘하기도 하고 벅차기도 한 얼굴이었다.

10.

암주(庵主) 무착은 신궁을 보았나

궁채는 잿더미가 되었다. 얼기설기 얽힌 그을린 기둥 사이로 두 눈구멍이 우묵한 불탄 시신이 보였다. 풍도가 유해를 수습했다. 궁채 뒷기슭 양지바른 곳을 파고 메마른 입으로 바라밀경을 염송했다. 다비(茶毘)라도 한 셈 치자꾸나. 그때 무언가 바짓가랑이를 잡아당겼다. 보리였다. 며칠을 굶었는지 뼈만 앙상했다. 풍도와 눈이 마주치자 눈망울에 물기가 어렸다. 풍도는 보리의 목을 그러안고 한참이나 볼을 부볐다. 비로소 보리가 꼬리를 흔들었다.

봉분도 없는 무덤 속에 타다만 〈궁패〉 현판도 함께 묻었다. 이제 궁홀산을 떠나 금강산으로 갈 일이다. 소싯적 오도 양계를 주유할 때 얼핏 보았던 그 궁승(弓僧)이 지금 우리의 등댓불이 될 줄은 미처 몰랐다. 몇 달이 걸릴지는 모르나, 아무리 험하고 곤핍하더라도 금강산 깊은 산허리, 깎아지른 절벽 위에 아슬아슬한 암자를 찾아가야 한다. 나이 탓할 겨를도 없다.

보리가 쫄래쫄래 따라나섰다. 계곡을 벗어나 산기슭에 이르러서 풍도는 보리를 끌어안았다.

"보리야, 이제 너는 네 갈 길로 가야겠구나. 더 이상 널 데려갈 수 없느니라. 그동안 궁패들 시신을 지켜주었으니 사람도 못할 일을 네가 해냈다. 다음 생에 꼭 사람으로 태어나 좋은 세상 만들려무나."

주문이나 다름없었다. 보리가 낑낑거리다가 꼬리를 말아 올렸다. 그리고 어서 길을 떠나라는 듯 두 발을 구부리고 풍도를 바라보았다. 풍도가 돌아섰다. 떨어지지 않는 발걸음을 놓았다. 평길이건만 한없이 발이 무거웠다. 뒤를 돌아보았다. 그냥 그 자리다. 한참 뒤 다시 돌아보았다. 꼼짝없이 그대로다. 풍도는 팔을 들어 어서 네 갈 길로 가라고, 좋은 인연 만나서 잘 살라고 흔들어 주었다. 보리가 두 발을 펴더니 컹컹 한번 짖어 주었다. 그리고 돌아서서 천천히 발길을 옮겼다. 풍도는 눈물을 찍어냈다.

열미가 남장을 했다. 동아와는 형 아우 사이로 위장하기로 했다. 그게 천 리 길 험하디 험한 금강산까지 안전하게 갈 방도였다. 봉주를 피하느라 바닷길을 따라 해주로 내려갔다. 예성강을 건너니 개경이었다. 부모님 안부가 몹시 궁금했으나 순마군이 무서워 송악산 뒷기슭으로 돌아 나갔다. 민가에 들어 농철 일을 돕다가, 절을 만나 쉬다가, 동주에 이르는 데 두 달이 걸렸다. 이제 거의 반쯤 온 셈이었다. 산이 높아지고 골이 좁아졌다. 논이 사라지더니 응달밭마저 띄지 않았다. 사람이 보이지 않았다. 깊고 깊은 산속이었다. 인적보다는 호적(虎跡)이 예사인 숲속으로 들어섰다. 칡덩쿨이 길을 막았다. 날쌘 짐승도 빠지기 힘들 듯했다. 사람이 살 만한 곳을 찾아 헤맸다. 외딴집이 없으면 암자를 만나든가 아니면 동굴이라도 찾아야 했다.

날은 부득부득 저물고 산 그림자가 턱에 차오르는데 까마득한 봉우리가 앞을 막았다. 하늘은 붉다 못해 피고름을 짜낸 듯 서녘부터 흑갈색으로 엉겨 붙었다. 곧 산자락에 어둠이 내리박혔다. 서둘러 하룻밤 몸을 누일만한 흙바닥이나 아니면 암반이라도 찾아야 했다. 지금껏 한두 번 한둔을 했지만 산 전체를 짓누르는 겁기로 인해 등줄기에 식은땀이 배어나기는 처음이었다. 등 뒤에서 열미는 자꾸 동아의 옷단을 잡았다. 날짐승의 깃 터는 소리, 길짐승들이 서로 투그리는 소리가 간단없이 귀를 자극했다.

"이렇게 무섭기는 처음이야."

열미는 오늘따라 떨고 있었다.

"바짝 붙어."

단도를 움켜잡은 채 동아는 연신 사방에 눈힘을 주었다. 그리고 큰 바위에 의지하여 겨우 잠자리를 다졌다.

"얼마나 더 걸릴까?"

열미가 지친 음색으로 중얼거렸다.

"계속 가다 보면 닿겠지."

동아가 풀을 꺾어다가 몸을 덮었다. 칠월 밤하늘에 어김없이 별들이 쏟아지는 게 그나마 위로가 되었다. 은하수가 콸콸콸 소리 내어 흘렀다. 산짐승들이 여기저기서 그 하늘에 대고 암기 오른 울음을 짜 토해냈다. 깊은 산속의 밤이라고 마냥 적막한 것만이 아니었다. 또 다른 한 세상으로서 얼마든지 번잡하고도 뒤숭숭했다. 이것이 사람 사는 세상의 한계라는 걸 깨닫는 순간 어쩔 수 없는 외로움과 두려움이 엄습해왔다. 그것은 인간 세상에의 그리움일지 몰랐다. 그토록 처절하게 울고불고 헤치다가 던져버린 그 세상이 어처구니없게도 그리워지다니.

열미가 한숨을 내쉬었다. 동아는 미안하고 애처로웠다. 언제 도달할지 모르는 길을 하염없이 걷는 한 자락 바람만도 못한 신세일지 모른다. 그 정처를 알 수도 없다.

먼동이 터오면서, 밤새 온몸을 휘감았던 번잡의 그물이 벗겨지는 게 고마웠다. 다시 걷기 시작했다. 끝도 없이 도열한 산봉을 넘고 계곡을 타고, 이어지다 끊어지다, 하염없는 길을 헤쳐 나갔다.

햇살이 눈부셨다. 계곡 물소리가 들렸고, 그 소리를 따라 기묘한 바윗돌 틈을 감돌아 내리는 산들바람이 보였다. 계곡을 건너야 길이 나올 듯했다. 동아의 부축을 받아 위태로이 돌부리를 타 넘던 열미가 앗 하는 비명과 함께 옆으로 쓰러졌다. 물속으로 떨어지는 바람에 정강이가 깨졌다. 피가 좀 보일 뿐인 게 천만다행이었다. 대신 온몸이 물초가 되고 말았다. 넘어진 자리에서 쉬어 가지 뭐, 둘은 평돌에 앉아 얼굴을 씻었다. 산발한 머리도 풀어 감았다. 손바가지로 물을 퍼마시면서

옷이 마르기를 기다렸다. 주변에 치립한 나뭇가지들 사이를 새들이 나풀거렸다. 그런데 사람 냄새가 났다. 아니 어디선가 굴뚝의 냇내가 났고 밥 익는 냄새가 소몰소몰 다가왔다. 동아는 허리를 굽혀 나무줄기 틈으로 사방을 훑어보았다. 저쪽 둔덕 위 나무숲 속이었다. 파란 연기가 나뭇가지를 맴돌다 잦아드는 곳이었다. 눈이 번쩍 뜨였다. 이런 외진 구렁에 사람의 집이 있다니. 옷이 마를 겨를도 없이 둘은 바위 뿌다귀를 잡고 내려가 좀 전 머리를 감았던 계곡물을 다시 건넜다. 산새도 오르지 못할 듯한 깎아지른 바위를 의지해 오롯이 드리운 길 흔적을 따라 덩쿨숲을 헤치며 한참을 조심스레 나아갔다. 아름드리 나무들을 울타리 삼아 메꽃이 눈부신 마당이 있었고 한 채의 자그마한 너와집이 꿈처럼 나타났다.

"꼭 저세상 같아."

열미가 의아해했다. 동아가 조심스레 꽃마당으로 들어섰다. 인기척을 챘는지 방문이 열리더니 머리털이 어깨를 덮은 데다 구레나룻이 성성한 산인(山人)이 얼굴을 내밀었다.

"뉘시오?"

몹시 의아해하는 목소리였다.

"길손입니다. 길을 잃고 한둔을 했는데 마침 집이 보여서…."

동아가 허리를 굽혔다.

"한둔이요?"

깜짝 놀라는 사내 뒤로 어떤 아낙의 얼굴이 나타났다. 머리를 길게 땋아 내렸으나 이마에는 주름이 보였다. 가까이 이른 열미가 아낙을 향해 사정했다.

"온몸에 힘이 부치고 시장도 합니다."

"옷이 젖었군요. 아니 피도 나네요. 얼른 들어오시지요."

집주인이 맞아들였다. 그들은 내외였다. 삼 년 만에 처음 사람을 맞아들인다고 했다. 세상 풍파에 시달리다 쉰이 다 되어 죽을 자리를 찾아온 게 여기라고 했다. 세상의 인연을 끊으니 기다림도, 조바심도 없어지고 바람 부는 대로 구름 흘러가는 대로 살아가는 나날이 십 년째라고 했다. 비록 털북숭이 신세지만 오로지 하늘이 정해준 연륜을 아무 생각 없이 살 뿐이라고 했다. 며칠을 묵든, 오늘 바로 떠나든 길손이 정할 나름이라고도 했다. 상처에 좋다는 고약을 건네주고 내외는 걸망태를 둘러메고 산으로 들어갔다.

궁패가 소망하는 것이 저들에게는 무엇으로 비칠까. 신궁을 기다리는 것이 한낱 인간의 과욕일까. 열미는 문득 지금까지 걸어온 길이 누더기로 느껴지는 게 불편했다. 지배하려는 야심과 벗어나려는 몸부림이 과연 부질없는 짓일까. 입을 다물고 싶었다.

저녁나절 망태에 가득 산채를 뜯어온 내외가 열미의 행색을 보고 물었다.

"보아하니 그녀은 왜 그리 곱상이요? 형제간이 맞소?"

열미는 입을 열지 않았고 동아가 난처해했다. 그들에게 무언갈 속인다는 게 가증스럽다는 생각이 들었다.

"실은, 우리는 원한이 사무쳐 마음 둘 곳이 없는 자들입니다."

"이미 짐작했소. 그녀들 얼굴에 다 쓰여 있으니까"

"이 사람은 실은 여인올시다. 험한 세상을 견디려고 남장을 했지요."

"둘이 부부 연이라도 맺었습니까?"

"정혼을 했으나 초례는 치르지 못했지요."

"저런, 맘고생이 얼마나 심하시겠오. 무슨 기막힌 사연이 있겠지요. 하지만 여긴 그런 걸 초탈한 집이라오. 마음이 일어서면 우리 이웃에 집을 짓고 살아도 좋소만."

텁석부리는 막히는 곳이 없었다.

"세상과 인연을 끊는 게 쉽지는 않지만 죽기보다 어려운 일도 아니더군요."

턱석부리 아내가 보냈다. 동아는 열미의 눈치를 살폈다. 얼굴 가득 원한과 복수의 날이 도사린 열미에게 그건 죽음과도 같을 것이다.

"말씀대로 저는 남정이 아닙니다."

열미가 이윽고 입을 열고는 턱석부리의 만사태평함을 경멸하듯 잠시 그를 뚫어 보았다.

"그렇지요. 오죽하시면 남편 된 분 앞에서 한사코 여자임을 거부하겠오."

"가슴 깊이 칼이 들어 있는 거지. 아무것도 받아들일 수 없는."

턱석부리가 거들었다.

"그럼 지금껏 남장을 한 건 내심 남편을 거부했단 말인가요?"

턱석부리 아내가 놀라워했지만 열미의 표정은 변화가 없었다.

"내가 지켜주지 못한 탓이지요."

"나를 지켜줄 건 오로지 신궁밖에 없습니다."

열미가 나직이 중얼거렸다.

"신궁이 뭐요? 신선이요? 상제님이요?"

"사람이랍니다."

동아가 대신 대답해 줬다.

"어디에 계십니까? 이 산속에 계십니까?"

"모릅니다. 어딘가에 계시답니다."

"왜 그분을 찾나요?"

"온갖 불의와 탐욕을 불사르고 우리 사람 사는 세상을 화목하게 해 주는 분이니까요."

"그렇군요. 저 속세에는 탐욕이 횡행하고, 신음하는 사람들이 죽어 나가지요. 그것을 이겨내려면 사대육신을 단련하고 정신을 가볍게 하여 속세의 껍질을 벗는 수밖에 없습니다. 그걸 각성한 끝에 이곳으로 들어왔지요."

텁석부리가 눈길을 다듬으며 중얼거렸다. 그 아내가 뒤를 이었다.

"여기 들어온 뒤 거짓말처럼 우리는 근심 걱정을 털어냈어요. 혹시 그 신궁의 치하에 우리가 있는 게 아닐까요?"

"그럴듯해요. 우리는 어제 유독 산 겁기에 눌려 한숨도 자지 못했거든요. 그래서 이 집이 개경의 고대광실처럼 느껴져요. 그러면서 두 내외분이 오순도순 사시는 걸 보고 마음이 오히려 뒤숭숭해지는 게 이상해요. 내 마음속에서 규정한 선과 악, 지배와 피지배가 다투는 거랄까. 그런데 이런 모습으로 인간이 살아갈 수도 있구나. 저 주몽 할아버지 시대, 그때의 세상이 이런 거 아니었을까, 홀로 무척 생각이 많았답니다."

동아가 연신 열미를 훔쳐보며 속내를 털어놓았다. 텁석부리와 아내는 빙그레 웃기만 했다. 산 밖에서 무슨 몹쓸 짓을 당했는지 가늠할 수 없다는 얼굴이었지만 구김 없이 안온했다.

밤이 왔다. 깊은 산속 어둠의 호흡인지 나뭇가지들을 흔들며 바람이 지나갔다. 늑대 여우는 물론 호성이 들리는 것도 심심찮다고 했다. 윗방 부들자리에 누워 잠을 청하던 열미가 어렵사리 속삭였다.

"너무 멀리 왔지?"

동아는 열미의 다음 말을 기다렸다.

"부모님이 살아 계실까?"

송악산 뒤로 개경을 돌아 지나올 때 만단을 각오하고라도 찾아뵀었어야 했다. 문득 주르르 눈물이 흘러내렸다.

"너를 얼마나 마음에 꼬깃꼬깃 접어 뒀었는지 알아? 울 어머니는 또 널 얼마나 기다렸고…"

열미가 소리 없이 흐느꼈다.

"돌아가셨다면 아마 눈을 못 감으셨을 거야."

"내가 감겨드릴게."

"사람 사는 세상에, 이런 집이 있다는 걸 나는 알지 못했어. 저들에겐 강자와 약자의 아귀다툼이 없어 보여."

"그럼 우리도 여기 살아볼까?"

"신궁은 어쩌고?"

"그건 마음속에서만 바라봐야지. 저 내외가 평안해 보이지 않아?"

"아, 그건 비겁한 짓이야. 나 하나 편히 살자는 이기심이야."

열미가 고통스러워했다. 동아가 열미의 손목을 잡으며 차분히 속삭였다.

"내 탓이야. 내가 너 대신 고통을 감수할 게."

열미가 가슴을 떨며 늘켜 울기 시작했다. 동아가 가슴에 손을 얹어 그 진동을 보듬었다. 너무 멀리 왔지? 다시 묻고는 동아의 가슴으로 파고들었다. 동아가 그 가슴을 끌어안았다. 입술이 맞닿았다. 열미가 살며시 입술을 열어주었다. 얼마 만의 열림이냐. 한사코 닫혀 있던, 열릴 수 없는 문이었다. 그 문 속에서 열미는 꿈꾸었고 자신을 위로했으며 활력을 담금질했다. 동아로서는 감히 열 수 없는 문이었고 억지로 열면 불상사가 날 문이었다.

열미의 몸이 뜨거워졌다. 문이 열리고 난 후 활활 타오른 숯

가마 속이 보였다. 모든 것을 태워버리려는 불덩이였다. 울분도 증오도, 기다림도 찾아감도 태워버리고자 했다. 이제 새로 태어나는 열미였다.

얼굴의 땀을 훔치며 열미가 다시 물었다. 너무 멀리 왔지? 앞으로 남은 길, 겁기 서린 밤길에 지쳤다. 개경에 반겨줄 사람만 있다면 차라리 돌아가고 싶다는 소망이 꿈틀거리는 것일지 몰랐다. 열미는, 얼마나 남았느냐를 묻지 않았다. 너무 멀리 온 여기에서 얼마나 남았을지는 두려움의 대상인지도 몰랐다. 여기를 선계로 여기고 살아가는 저들처럼 머무르고 싶은 소망이 그 문을 열었다.

다음 날 아침 텁석부리 부부는 바위틈에서 솟아나는 청정약수를 한 바가지 떠다가 상 위에 고이 올려놓았다. 비록 개다리소반일망정 약수에는 정갈한 영이 돌았다.

"맞절을 하세요."

미소를 머금고 산 밖처럼 열두하님을 자처한 텁석부리 아내가 열미를 부축하였다. 연지곤지는 찍지 않았어도 세 번 맞절을 하고 약수로 합환주를 대신했다. 동아가 벌컥벌컥 세 모금을 마셨고 열미는 세 번 입술을 적셨다. 열미의 눈시울이 촉촉해졌다. 동아가 열미의 눈물을 닦아 주었다.

열미 무릎의 상처 딱지가 떨어졌다. 장뼘드리 나무를 찍어 통나무로 져 내렸다. 한 달 만에 부엌과 방 한 간 돌너와집이 얽어졌다. 텁석부리 내외가 젊은 이웃이 생겼다며 여일 젖히고 손을 보태 준 덕이었다.

계곡 물소리가 속삭였고 바람 소리가 다정했다. 흘러가는 구름이 바쁘지 않았고 파란 하늘이 안존했다.

머리를 얹고 나서 동아의 품속은 세상사를 잊게 했다. 이것이 해탈인지 달관인지, 아니면 무관심한 도피인지 생각하기 싫었다. 꿈이라고 해도 좋았다. 어차피 인생은 춘몽, 하늘에 떠 있는 뜬구름이라 하지 않았나.

궁무암에 처음 도착한 것은 풍도였다. 그는 오도 양계를 주유한 적이 있어서 길머리를 알았고 나이에 비해 아직은 발도 빨랐다. 녹음이 온산을 뒤덮은 한여름이었다.

무착이라는 궁무암 스님과는 일면식도 없었다. 다만 오도 양계를 떠돌던 시절 귓가로 흘려듣던 '궁무암'이었다. 과연 그의 면모가 얼마나 휘황할지 기대도 컸다. 그런데 주지 무착은 생각해 오던 스님이 아니었다. 키가 장대하고 뼈골이 굳세어 얼핏 보아 길가에 서 있는 장군목을 연상케 했다. 게다가 제비턱 위로 움푹 팬 볼에 돌출한 광대뼈, 두리두리한 눈빛은 쉽게 접근조차 어려운 괴력을 쏘아내고 있었다. 가사 장삼만 아니라면 엄연 산적 두목이었다.

풍도가 조심스레 다가가 말을 붙였다. 무착은 별로 달갑지 않은 표정으로 잠시 귀만 벌려주려는 듯했다. 풍도가 자존심을 내려놓고 여쭈었다.

"변란을 당하여 쫓기는 처지니 소승을 좀 들여주실 수 없으시오?"

"천지가 시방 병란 아닌 곳이 없는데 여기라고 뭐 뾰죽하겠오?"

무착은 건성이었다.

"소싯적에 이 언저리를 지나다가 활을 부여잡고 빼빼 말라가던 스님을 뵌 적이 있고, 또 전부터 '궁무절'을 듣고 감복도 했었오만, 부처님의 가호를 베풀어 주시오."

"그런 건 이제 다 절단난 환상이 되었오. 아무도 쫓을 수 없고 만날 수 없는 것이라오."

무착은 아무렇지도 않게 뱉어냈지만 풍도는 오금이 저렸다.

"아니올시다. 그게 다 헛것이 되었다면 우리는 소생하기 어렵소이다. 자 들어 보시오. ―궁음은 활이 날아가는 소리다. 바람을 가르는 동시에 구름을 모으는 소리다. 햇빛을 꺾는 소리며 달빛을 부수는 소리다. 마음이 가지런한 자에겐 다가오지만 어수선한 자에겐 멀리 떠나는 소리다. 그 소리에 하늘을 나는 새가 노래하고 춤을 춘다. 새가 춤추면 화살이 춤춘다. 줌손이 멎고 죽머리가 허물어진다. 심신이 녹아 재가 된다. 재가 모여 산봉우리처럼 쌓이고 산봉이 춤을 춰 달을 끌어당긴다.― 이걸 아시잖소?"

무착이 고개를 돌려 궁무절을 염송한 풍도를 은근한 눈빛으로 바라보았다.

"그걸 어디서 주워들었소? 그게 우리 암자에 전해온 건 맞습니다만 화살을 춤추게 해놓곤 심신을 녹여 재를 만들지 못했습니다."

"무슨 말씀이온지?"

"내 말뜻에 이르지 못한다면 우리 암자에서 활 얘기는 입에 담지 마시오."

무착이 다시 냉정해졌다. 풍도는 하는 수 없이 법당으로 물러나 부처 뒤에 숨어서 예불을 올렸다. 문밖으로 간간이 산우(山雨)가 쏟아졌다. 높은 산의 빗줄기는 장대했지만 빗소리는 애련할 만큼 하계(下界)를 향해 부드러웠다. 무착은 풍도를 상대해 주지 않았다. 부처 앞에 온몸으로 엎드리는 수밖에 없었다.

온 산에 단풍이 내려앉을 무렵 유 패두가 왔다. 무착이 조금 관심을 보이며 개경 왕의 소식을 듣고 싶어 했다.

"지금도 왕은 연경에서 노닥거리고 있소?"

"코빼기도 안 보인다고 하오."

"몽골 사람들이 여전히 개경을 주름잡고 있소?"

"그게 어떻게 바뀔 수 있겠나요?"

"여전히 황제한테 줄을 대려고 개경 고관들이 안달이 났소?"

"더 발광들이 났지요."

무착이 못마땅한 입맛을 다시며 눈꼬리를 치떴다. 문득 어금니를 깨물며 치가 떨리는 소리를 냈다.

"나는 왕을 죽이러 개경으로 갈 생각이었소. 아니면 황제란 놈을 처단하러 연도로 갈 꿈도 꿨다오. 그런데 그녀들은 이 깊은 산속으로 들어와 무얼 하겠다는 거요?"

가슴을 진정시키고 유 패두가 대답했다.

"그렇소. 우린들 왜 그런 생각이 없겠소. 그런데 개경은 너무 말간 곳이어서 들키고 말았소. 우선 목숨을 부지해야 했오."

"무슨 특별난 궁사를 찾는다고 들었소만."

"신궁이오. 비기에 그 맥이 적혀 있어요. 고려 왕도 연경에서 그것이 책에 적혀 있는 걸 보았다며 심각하게 취급했소."

"설사 있다고 칩시다. 그자를 아무나 아무 때나 만날 수 있다고 보신다면 참 순진한 것이외다."

무착이 두 눈을 반짝였다.

"그럼 스님도 신궁을 알고 계시오?"

풍도 역시 눈빛을 반짝였다.

"나도 젊은 날 신궁을 찾으려 북계·동계를 다 누볐소. 지금은 역적놈들이 몽골에 갖다 바친 화주 이북 땅 개마고원까지 안 쏘댕긴 데가 없소."

"못 만났습니까?"

"말들은 무성한데 실상은 보지 못했소. 그때 이 절 스님을 황초령에서 만났는데, 그분 역시 신궁을 찾으러 헤매고 있었소. 궁무암에 전승되는 '궁무절'을 읊조리며 기필코 신궁을 찾아 모셔야 한다고 하십디다. 그런데 스님이 기진하여 돌아가실 임박에 귀신탈 몰골인 이놈한테 이 암자를 지키라고 하셨소. 무착이라는 법명까지 주시면서. 집착은 허욕을 불러 심신을 돌덩이로 만드는 것이니 무슨 짝에 쓰겠느냐고. 활이 울며 춤추기를 기다리지 말고 몸을 녹여 재를 만드는 것에 본분을 다하라고."

"그건 현실도피 아닙니까?"

유 패두가 불만을 드러냈다. 무착이 담담하게 뒷말을 이었다.

"관직에 있었다는 양반. 오늘부터 궁무절을 암송해 보시오. 그게 어디 현실도피인가."

유 패두는 할 말이 없었다. 정신을 집중하여 궁무절을 외고 또 외어 보았다.

"이건 아무나 함부로 신궁을 만날 수 없다는 계시가 아닐까. 그를 만나려면 우리가 그의 경지까지 이르러야 한다는 가르침인 거 같아."

풍도는 의기소침해졌다.

며칠 후 무령이 아미를 데리고 도착했다. 무령은 기대가 만발했던 궁무암을 구석구석 살펴보더니 산신각 옆의 조그만 허각(虛閣)에 주목했다. 현판도 없었지만 저 고각(古閣)이 필시 궁무와 관련이 있을 거라고 예단했다. 무착에게 단도직입적으로 말했다.

"궁무암이 이름만 높은 게 아니라면 그 흔적이 어디에라도 있을 법한데요."

"처음 올 때부터 동개와 시복을 멘 걸 보고 궁사라는 걸 눈치챘지만 잘못 보았소."

"그럼 이 암자는 허명만 높다는 거요?"

"옛날과 많이 변했소."

"저 빈집을 한번 보게 해 주시오."

"부질없는 짓입니다. 열어 보나 틈으로 보나, 아니면 꽉 처닫으나 다 매일반입니다."

무착이 냉정하게 말문을 닫았다. 먼저 도착한 궁패로부터 대접이 성글었다는 말은 들었지만, 뜯어보면 장군 몰골은커녕 궁상에 찌든 괴승이 아닐까 싶었다. 무령이 언짢은 마음을 눅이며 객방으로 들어갔다. 아직 여독이 남아 있는 아미가 부르튼 발을 싸매고 누워있는 게 보였다. 궁채에서 부모가 횡사한 걸 풍도에게 듣고도 두 눈만 깜박일 뿐이던 그녀였다. 이미 각오했다는 뜻이고 그 유지를 받들어 악착스레 살아남아 한을 풀어드려야 한다는 매서움이기도 했다. 다만 열미 언니가 어떻게 됐을지, 무슨 변을 당하지는 않았는지 발떠퀴가 사납지 않기만을 비는 마음이 더 컸다.

만추의 오후 햇살이 잠깐 비쳐 드는 암자 앞 너럭바위가 내다보였다. 어느새 온기를 잃어가는 하늘이 야박한지 무령이 방문을 열어 햇살을 맞아들였다. 누워있던 아미가 오랜만에 평온한 미소를 머금었다. 천 리 길, 그 험한 노정을 군소리 한마디 없이 데리고 온 무령 아장이 아버지처럼 느껴질 때도 많았다.

"열미도 꼭 올 거다. 너무 애태우지 마라."

"그럼요. 언니가 오면 또다시 궁채에서처럼 의지하며 살아야지요."

"우리가 어디로 가야할지는 유 패두님도 결정하지 못한 듯하다. 이 암자가 생각보다 무척 야박하구나."

"주지스님 몰골이 범상치 않아요."

"허나 너무 겁먹지 마라. 그도 마음속에 큰 불덩이를 지닌 것 같더라."

아미가 허리를 일으키고 열려진 문으로 쏟아져 들어오는 햇살과 청량한 산바람에 얼굴을 내맡겼다. 아미가 자그마하게 속삭였다.

"아장님, 저걸 좀 보세요."

무령이 아미의 시선을 따라갔다. 너럭바위에 언제 나타났는지 가부좌를 튼 무착이 보였다. 옆모습이었다. 눈을 지그시 감고 있는 듯했다. 그런데 작은 새 한 마리가 포르르 날아오 더니 무착의 삭도친 머리에 앉아 한참이나 재재불거렸다. 새 들이 몇 마리 더 날아왔다. 어깨 팔 손바닥에도 내려앉았다. 무착이 눈을 뜨고는 뭐라고 말을 걸었다. 새들이 쫑쫑 대답을 했다.

"뭐 별로 신기한 건 아냐. 새와도 인연 따라 사귐이 있을 테 니까."

무령이 문을 닫으며 시큰둥히 중얼거렸다.

아미는 아쉬웠지만 문을 더 열어두자는 말은 하지 못했다.

다음 날부터 무령은 너럭바위에 올라 활시위를 당겼다. 붉디 붉은 단풍 위로 목청색 하늘이 눈부셨다. 하늘 그 어느 어름 에선가 새들이 푸르르 내려올 것만 같았다. 죽머리를 고정시 키고 중구미를 마음껏 당겼다. 오늬를 놓았다. 시위가 떨면서 화살이 날아갔다. 화살은 저 멀리 아름드리 소나무 숲 어딘가 로 사라졌다.

"누굴 향해 시위를 당기는 거요?"

무착이었다. 동작을 지켜본 게 분명했다.

"그 험한 얼굴에 새가 깃드는 비결을 모르니 나도 모르오."

"활을 너무 가볍게 보는 그녀들이 나는 참 불편하오. 어서 여길 떠나길 바라지만 더 기다릴 사람이 있다니 쫓아낼 수도 없어 기다린다오."

"절간 인심이 이렇게 야박해서야 어디 부처님 도량이라 하겠소?"

"여긴 불도량이면서 궁도량이었오. 얼마 전까지만 해도."

"새가 스님 얼굴에 깃드는 건 불이요, 궁이요?"

"둘 다 아니요."

"그럼?"

"바로 나요."

무착의 얼굴이 험해졌다. 무령도 질 수 없었다.

"여전히 괴이한 언설만 늘어놓는 스님한테 내가 관심 가질 일이 아니오. 사람을 몰래 엿보지나 마시오."

"나를 엿본 건 되려 그녀 아니오? 주객이 전도됐다는 말을 이럴 때 쓰는 거 같소만. 함부로 활질이나 마시오."

"나는 활을 내야 하오. 신궁을 만나야 한단 말이요."

"참 가상하오."

무착이 혀를 차고는 돌아섰다. 무령은 순순히 받아들일 수 없었다. 무착의 발걸음을 막으며 소리를 질렀다.

"도대체 그녁의 정체가 뭐요? 스님이 맞소? 고려 사람 맞소?"

무착이 같잖다는 얼굴로 잠시 무령을 바라보더니 무겁게 입을 열었다.

"신궁을 기다리는 맘은 알겠소만…."

"그래서 뭘 어쩌자는 거요?"

무령은 이참 이 강골한(强骨漢)을 몰아붙여 콧대를 꺾고 싶었다. 그것이 저자가 만든 비밀의 석곽(石槨)을 열어보는 길이었다. 무령이 다시 다그쳤다.

"그녁도 신궁을 찾느라 청춘을 바쳤단 말 들었소. 그녁이 실패했다고 우리도 그러리라고 예단하지 마시오."

무착은 미동도 없이 무령을 바라보기만 했다. 무령이 다시 전대에서 꺼낸 화살의 오늬를 걸었다. 무착을 무시하려는 태가 역력했다. 무착이 무령의 활 도고지를 슬쩍 밀어내며 나지막하지만 아주 단단하게 말했다.

"그럼 내일 겨뤄봅시다."

생뚱맞은 제안이었다. 무령은 응하지 않을 수 없었다. 무착의 단단한 음색이 다시 날아와 꽂혔다.

"사람을 앞에 세워야 하오. 사거리는 이백오십 보요. 시간은 내일 그녁이 정하시오."

무착이 제 말소리의 파장을 젖히기라도 하듯 돌아서서 휘휘 두 팔을 저으며 걸음을 옮겼다. 무령은 아찔했지만 겉으로 드러낼 수도 없었다. 객방으로 돌아와 유 패두와 풍도에게 털어놓았다.

"괴승이 괴이한 제안을 했어요."

"그걸 응했단 말이요?"

유 패두가 걱정했으나 풍도는 눈을 감은 채 말이 없었다.

"과녁을 떠받칠, 누구를 세운단 말요?"

무령이 고개를 저으며 탄식했다.

"이거 그냥 없던 걸로 합시다. 모과나무 심사 같은 무착의 간계에 우리가 넘어가는 거예요."

유 패두가 풍도에게 동의를 구했으나 그는 여전히 눈을 감은 채였다.

"우리가 무착을 너무 가볍게 본 거 같아요."

무령이 열패의 낯빛에 회한을 섞어냈다. 풍도가 눈을 떴다.

"전에 들었었지. 궁무암의 궁은 사람의 피를 먹는다고. 그게 무슨 얘긴지 몰랐는데…."

"피를?"

유 패두가 진저리를 쳤다.

"내가 저질렀으니 내가 매듭을 풀어야지요."

무령이 말했다. 풍도는 고개를 저었다.

"우리가 피하면 저자는 한없이 우릴 업신여기며 어디까지 무시할지 모르지. 애초부터 저자의 몰골이 예사롭지 않았어. 피 묻힌 화살을 마구 하늘에 쏘아내는 땡추랄까?"

풍도도 긴 한숨이었다. 그때 듣고만 있던 아미가 조용히 끼어들었다.

"제가 하겠습니다. 저는 아장님의 궁술을 믿어요. 설혹 불운이 닥친다 해도 저는 이미 궁채에서 죽었어야 할 몸이었으니까요."

유 패두가 제지하며 나섰다.

"그건 안 돼 무착이란 놈이 노리는 게 뭔지 모르잖아."

"저는 무착 스님의 몸에 새들이 깃드는 걸 봤어요. 그가 악인일 리 없어요. 신궁을 만나게 해 줄 분이 틀림없어요."

아미는 결심을 굳힌 듯했다.

다음 날 하늘은 맑았지만 숲 속을 몰려다니는 소슬바람이 심상찮았다. 산기슭을 몰려다니다가, 산벼랑을 타고 와아 와아 고함을 치면서 뜬금없는 음기를 연신 아랫세상으로 굴려

내렸다. 나뭇가지들이 비명을 질렀고 새들이 날아올랐다가는 파르르 떨며 사라졌다.

너럭바위에는 무거운 침묵이 엉겨 있었다. 이백오십 보 너머 굵은 전나무 기둥에 매달린 과녁이 어렴풋이 보였다.

"과녁을 맞히면 될 걸 왜 굳이 사람을 세워야 하오? 이상하지 않아요?"

유 패두가 사정조로 말했으나 무착은, 세워야 하오, 간단히 대답해 버렸다. 잠시 뒤 승방에서 여나문 살 되는 동자가 다가왔다. 머리가 긴 것으로 보아 절에서 크는 아이 같지는 않았다. 아이가 태연히 걸어가 과녁 앞에 섰다. 무착이 무령에게 무언의 재촉을 했다. 객승방에서 내다보던 아미가 문을 열고 나와 동자가 하듯이 과녁으로 걸어갔다. 아직 조섭이 덜 된 탓인지 걸음걸이가 우둔해 보였다. 무령이 입술을 깨물었다. 해남 노승으로부터 궁술을 익힌 아버지, 그 아버지의 호된 채찍이 눈에 어른거렸다. 궁채에서 수년 동안 매일 밤 활을 내며 전심을 다해 신궁을 빌어 마지않던 염원. 그동안의 것이 헛것이 아니었다면 이 순간 반드시 승부를 내리라.

"승부는 단발입니다. 나는 내 손자를 피하여 알과녁을 맞히고 그녁은 저 처자를 피하여 맞힙니다."

조용히 말하는 무착의 눈이 이글거렸다.

"동시에 오늬를 걸고 동시에 깍지를 놓습니다."

무착이 다시 소근거렸다. 한 줄기 바람이 곤두서자 두 궁사의 옷깃이 나부꼈다. 무령은 심장이 뛰는 소리를 들었다. 하늘이 울부짖는 소리였고 삶을 통곡하는 아픔이었다. 동시에 중구미를 당겼다. 바람도 구름도 멈추었다. 햇살도 제자리에 얼어붙었다. 만작과 동시에 깍짓손을 놓았다. 화살이 떠나갔다. 살대가 흔들렸다. 공기를 갈랐다.

무령은 날아가는 화살을 끝까지 바라볼 수 없었다. 귀를 찢는 소리이고 눈이 감기는 흔들림이었다. 과녁 앞에 선 아미가 무탈할까. 순간적으로 눈앞을 검은 덩어리가 막아섰다. 아, 옆에서 탄성이 일었다. 과녁 쪽으로 급히 달려가는 발걸음 소리가 들렸다. 둔탁했다. 아찔했다. 식은땀이 등줄기를 타고 주르르 흘렀다.

유 패두가 아미를 들쳐 업고 달려왔다. 쇄골에서 배어난 피가 뚝뚝 떨어졌다. 풍도가 관세음보살을 염송하며, 약을 주시오 약을, 외쳤다.

무착이 오연히 웃었다. 악마 같은 웃음이었다. 과녁에 꽂힌 화살을 빼 들고 천천히 걸어 나오는 동자를 뒤딸리고 그는 말없이 요사채로 걸어갔다. 잔인했다. 찔러도 피 한 방울 안 나올 놈이었다.

무령이 정신 나간 사람처럼 주저앉아 멀거니 하늘을 올려보았다. 구름이 날아가고 새가 울었다. 햇살이 차가워지더니 도막도막 잘려나갔다. 옛적에 어느 산승(山僧)은, 땅에 떨어진 개털을 찾을 수 있고 개미가 씨름하는 소리도 들을 수 있다더니 저자가 바로 그런 놈일지 모른다. 풀 죽은 무령이 중얼거렸다.

팔오금에 박힌 살촉을 파냈다. 다 된 저녁에 무착이 백반 한 덩이를 가져와 상처에 바르라고 인심을 썼다. 풍도가 무착을 외면했다.

"궁의 세계는 잔인합니다. 궁은 피를 먹으며 명중률을 높입니다."

풍도는 할 말을 잃었다. 대신 얼굴이 하얗게 질려 있던 무령이 벌떡 일어나더니 무착 앞에 무릎을 꿇었다.

"저의 오만을 용서하소서."

"그녀도 만만치는 않소."

"명궁을 몰라뵈었습니다. 가르침을 주소서."

"누구와 겨룰 생각을 끊은 게 퍽 오래됐소. 하지만 그녀의 염원이 워낙 강고해서 겨루지 않을 수가 없었다오. 산 아랫마을에 사는 손자 놈을 불러오기가 어찌 하찮았겠소. 그만큼 그녁에게 전심을 다했소. 그러나 다 부질없는 짓 아니오? 저 처자가 저만 하니 다행이지 목숨이라도 잃었으면 그 업을 어찌 감당할 뻔했소?"

"들려주시오. 궁에 관한 것이라면 무어든 배우고 싶소."

"산신각 옆에 있는 허각을 예사로 보지 않는 걸 보고 나도 그녁이 궁사다운 기질이 있다고 알아봤소. 내가 활을 단념하고는 궁무각이라는 간판도 떼어 버렸소만."

"그럼 오늘 그 안에 있는 활을 낸 거요?"

"저 안에 활이 있는지 없는지 나는 모르오. 문을 열어 본 적이 없으니까. 그런데 내가 전에 애지중지하던 활을 모처럼 한번 내봤는데, 그게 아직도 그렇게 팽팽하게 당겨지고, 바람처럼 날아가는지 나도 놀랐소. 그래서 제 선사의 업력이 아직 살아 있다고 확신하에 됐소. 만약 불운하여 내 손자놈이 잘못된다면 나도 더는 살아갈 엄두를 내지 못하겠지요."

"사람을 어떻게 과녁 앞에 세웁니까?"

"활의 생리를 알아야 돼요. 피를 얼마큼 먹어야 하는지를 고뇌했어요. 화주 이북 땅에는 고려 사람과 호적(胡狄)[5]이 엉켜 사는데 호적은 고려에 원한이 있답니다. 고려한테 자주 혼쭐이 났거든요. 그런데 지금 그곳은 무법천지가 되어 힘깨나 쓰는 자가 모조리 차지하는 땅이 돼 버렸습니다. 그곳에서 나도 활깨나 쏜다며 어깨를 펴고 살았는데, 하루는 달의 흑점을 맞춘 바 있다고 떠벌리는 호적 추장놈 하나가 활 겨루기를 청해 오는 거였소. 각자 사람을 하나 과녁 앞에 세우자더군요. 이기면 휘하 삼백의 유병을 차지하고 지면 마누라를 빼앗아 가는 거였소. 그런데 내가 졌오. 그자가 내 과녁 앞에 세워 준 사람은 고려인 죄수였소. 내가 온 염력을 다해 활을 냈지만 무슨 조홧속인지 내 화살이 죄수의 목을 뚫고 말았소. 실수라기엔 엄청난 죄책이 일었고, 솜씨가 덜 여물었다기엔 내 자존심이 그냥 있지 않았소. 나는 사랑하는 마누라를 족장한테 뺏겼소. 수치심이 극에 달해 산에 들어가 목에 칼을 들이대려는데 한 스님이 나타나셨소. 궁무를 아느냐고 물으셨소. 그것에 이르지 못하면 활은 생명을 다치게 하는 것이니, 본분을 찾는 게 먼저라고 충언하시더군요. 그래서 이곳 암자에 들어와 정신없이 활을 쏘는데 밤과 낮이 갈리고 몸과 정신이 나

---

5 두만강 일대에 살던 여진족을 고려에서 이르던 말.

뉘어 종을 잡을 수가 없었다오. 활을 쏘며, 화살을 분지르며, 시위를 매며 풀며, 그야말로 번민의 나날이었소."

"우리를 애송이라고 비웃어도 좋습니다. 어떻게 해야 신궁을 만날 수 있겠습니까?"

"내가 지금껏 후회되는 게 하나 있소. 그 족장과 활 내기를 할 때 내가 왜 내 마누라를 과녁에 세우지 못했나 하는 회한이었소. 그걸 깨달은 건 스승님이 입적하신 뒤였지만. 마누라와 나는 서로를 누구보다 사랑했다오."

"그렇군요."

무령이 아미를 돌아보았다. 식은땀을 흘리며 입을 꾹 다물고 있는 아미에게 고작 쌀물이나 떠먹이는 유 패두와 풍도가 말없이 그녀를 지켜보았다.

아미는 차도가 없었다. 밤새 신음소리를 냈다. 무령이 또 산을 내려가 의원을 찾아다녔다. 무착 스님이 산에서 쓰는 비약이라며 환과 채를 가져왔지만 통통 부은 팔에서는 고름이 흘러내렸다. 아미는 그래도 웃음을 놓지 않았다. 궁패들이 신궁을 만나는 것이야말로 자기 아픔보다 값진 것이라는 확신이 있었다.

무령이 통주까지 가서 약을 지어 왔지만 아미의 회복세는 눈에 띄지 않았다. 회복은커녕 이제는 혼절까지 했다. 궁패들은 나날이 더 침통해 갔다.

눈이 내려 쌓였다. 객승방 앞 디딤돌이 묻히더니 문지방까지 차오를 기세였다. 나뭇가지들이 늘어지다 못해 뚝뚝 꺾이며 내려앉았다. 산 아랫세상을 온통 안개구름이 덮어버렸다. 포근하리만큼 연한 하늘빛에서 햇살이 쏟아졌다. 의기소침했으나 궁패들은 모처럼 말없이 구름 위를 거닐었다. 그런데 뜻밖에 무착이 나타났다. 넉가래로 앞길을 틔우며 다가온 그의 이마에 땀방울이 보였다. 그는 다소곳이 합장 예를 올렸다.

"어젯밤 궁무가 일어났습니다."

무착은 표가 날 만큼 정중했다. 풍도가 아주 낮게 되물었다.

"궁무요?"

"쏟아지는 눈발 속이지만 허각에서 분명 활이 춤을 추고 화살이 소리를 냈습니다."

"그게 무슨 뜻이요?"

"활이 춤을 추면 달래줘야 합니다."

"어떻게?"

"활을 내야지요. 깍짓손이 닳도록."

"이 눈구덩이 속에서?"

"그건 사람이 능히 할 수 있는 일입니다."

"전에도 궁무를 본 적이 있습니까?"

풍도가 기이하게 떨리는 가슴을 진정시키며 물었다.

"없습니다. 아마도 저 누워있는 처자의 원심으로 움직인 듯싶습니다."

무착이 합장을 하고는 게송을 외더니 돌아섰다.

뒤에서 듣고만 있던 유 패두와 무령의 눈이 커졌다. 누워서 식은땀을 흘리는 아미의 얼굴에도 미소가 배어났다.

"궁무가 도대체 무슨 소릴 냅니까?"

무령이 별스럽게 달라진 무착의 뒷모습을 보고 간절히 그 연유를 물었다. 그때였다. 아미가 무슨 힘에선지 피고름 흐르는 팔을 들어, 안간힘을 다해 팔꿈치를 접었다. 시위를 당기던 그 팔꿈치였다. 모두들 아미 쪽으로 급히 시선을 돌렸다. 아미가 곧 그 팔을 방바닥으로 툭 떨어트렸고 스르르 눈을 감았다. 무령이 달려가 아미의 뺨을 어루만지며 짐승 같은 울음을 토해냈다. 안 돼, 안 돼, 무령이 아미를 가슴에 안았다. 서럽게 울부짖었다. 눈을 감지 못한 채 명주고름 같기만 하던 아미의 숨이 멎었다.

아미가 활을 춤추게 했다. 화살을 울게 했다.

눈구덩이를 뚫고 활터를 닦았다. 허각에 모셔진 맥궁을 보고 싶어 했으나 무착은 응하지 않았다. 그건 하늘이 때를 정할 때나 가능하다는 거였다.

활을 쏘았다. 눈구덩이를 파헤치고 사대에 오른 궁패들은 새벽부터 온종일 활에 매달렸다. 달이 떠오르면 밤에도 이어나갔다. 바람이 불거나 비가 오거나 쏘았다. 배가 고파도 잠이 쏟아져도 잡념이 몰아쳐도 그치지 않았다. 그것이 아미를 영원히 살리는 것이요, 사람을 먹는 활을 넘어, 신궁을 만나는 길이었다.

깍짓손이 닳아 뚫어지도록 쏠 각오였다. 과녁으로 누구를 세우든 자신만만하게 쏠 때까지 쏘고 또 쏘았다.

아미가 죽은 뒤 무착도 보이지 않았다. 승방에서 비밀스러운 동안거에라도 빠졌을지 모를 일이었다. 혹은 절을 떠나 허탄한 세상을 방랑하고 있을지 몰랐다. 사람 목숨을 끊게 한 자책을 달래려 불전 앞에 부복하고 있을지도 모른다. 아니면 새삼 궁무를 접하고 무언가 도약을 꿈꾸고 있을지도 모를 일이었다.

11.

선계(仙界)를 뛰어넘어

생사를 뛰어넘어 비로소 맞이한 안온한 행복. 깊은 숲속에서 사람의 온기만으로 살아간다는 건 선계의 그것에 비견될 만했다. 동아에게 열미는 선녀였다. 동시에 열미에게 있어서 동아는 앞뒤 찬바람을 막아 주고 위아래 무거운 짐을 들어 주는 사랑스런 낭군님이었다.

열미가 산통을 느끼더니 텁석부리 아내의 해산바라지로 아기를 낳았다. 우렁찬 울음소리를 내는 사내아이였다. 인적이 없는 곳에서, 누구에게도 해코지당하지 않고 고이고이 키우

고 싶었다. 텁석부리 내외도 친손을 본 것처럼이나 귀애해 주
었다. 아이가 무탈하게 자라 돌이 지났다. 동아 내외는 더욱
부지런히 사지를 놀려 먹고살 것들을 구해 날랐다. 그런데 모
든 것이 그렇게 꿈처럼 순조로운 건 아니었다. 여기도 분명
인간 세상. 아무리 선인(仙人) 흉내를 낸다 한들 인간을 뛰어
넘는 그 무엇이 엄존했다. 고통이라는 놈이었다. 돌 지난 아
이가 핼쑥하게 마르더니 파랗게 까무러치는 일이 자주 생겼
던 것이다. 열미는 더럭 겁이 났다. 텁석부리 내외가 진귀한
약초들을 꺼내 사흘 밤낮을 은근한 불기운으로 정성스레 다
렸고 그 결로를 한데 모아 환약을 지어 먹이기도 했다. 하지
만 아이는 기어이 떠나고 말았다. 열미는 몸져눕고 말았다.
모든 게 꿈이었다. 궁채 생활도, 이곳 산속 생활도 꿈이었다.
얼른 꿈을 깨트리고, 고통 없는 곳으로 가고 싶었다. 그곳은
곧 가상의 인간 세계를 벗어나는 일이었다. 동아와의 연분도
한낱 허깨비일 뿐.

　초겨울로 접어들었다. 열미의 고통으로 인해 더불어 심란했
지만, 동아는 뿌려놓은 피와 조를 거두어 털고, 산채를 뜯고
초근을 캐느라 어쩔 수 없이 꿈지럭거리는 나날이었다. 멍석
말이만 한 갈근이 눈에 띄어서 시간 가는 줄을 몰랐을까, 우

거진 초목을 덮으며 빠르게 어둠이 내려앉았다. 집에서 우두커니 먼 산만 바라보고 있을 열미가 떠올라 갈근을 포기하고 허리를 폈다. 외솔길이 어둠에 묻혀 있었으나 대중잡아 짚어 나갔다. 마침 달이 떠올라 길을 비춰 주었다. 길고생 없이 도착한 집 돌너와에 달빛이 부서졌다. 집은 캄캄했다. 불도 켜지 않고 열미가 주저앉아 있을 것이었다. 어서 문을 열고 고콜불을 밝히려고 뜰로 들어서는 찰나였다. 무언가가 바라본다는 시선이 뒤꼭지를 찔렀다. 허깨비처럼 서 있는 열미였다.

"여기서 뭘 해?"

동아가 물었으나 대답이 없었다. 가만히 뒤를 돌아보았다. 무언가 검은 놈이 우뚝 서 있었다. 산짐승이었다. 동아가 다급하게 열미 앞을 막아서며 외쳤다.

"어서 피해."

하지만 열미는 미동도 하지 않았다.

"피하라니까."

동아가 열미의 가슴을 붙안고 뒤로 물러섰다.

"보리야, 보리야."

열미가 신음처럼 중얼거렸다.

"어! 저건 늑대야 늑대."

동아가 쉿소리를 냈다.

"아니야. 보리야. 나하고 눈이 마주쳤어."

열미가 짐승 쪽으로 발걸음을 떼어 놓았다. 그러자 짐승이 몸을 돌려 천천히 발걸음을 옮겼다. 두 귀가 쫑긋했다. 네 다리가 황갈색으로 빛났다. 등가죽의 잿빛 털이 발걸음을 옮길 때마다 달빛의 휘황한 윤기를 담아냈다. 보리야, 보리야. 확신에 찬 열미가 따라가며 목젖을 축축하게 긁어 올렸다. 짐승은 어딘가로 이끌려는 듯 꼬리를 흔들었다. 그리고 계곡 속으로 사라졌다. 동아가 열미를 끌어안았다.

"저건 늑대야."

"아냐, 보리라니까."

"보리가 뭔데?"

"궁채에 살던 우리 보리, 보리가 맞아. 그 눈을 똑똑히 봤어."

"궁홀산 개가 어떻게 여길 오겠어? 늑대를 잘못 본 거야."

"보리가 계곡 너머를 가리켰어."

열미가 중얼거렸다. 이때 텁석부리가 늑대라구? 하며 문을 박차고 달려 나왔다. 그의 손에 들린 장창 날에 차가운 달빛 한 줄기가 굴러내렸다.

"저쪽으로 사라졌어요."

동아가 달빛 부서지는 검은 숲을 가리켰다. 텁석부리가 장창 자루를 걷어 들이며 멋쩍게 웃었다.

"산에 살다 보면 수환(獸患)을 걱정 안 할 수가 없어서요."

머리를 긁적이는 그의 뒤통수가 한없이 옹졸해 보였다. 이 산에 들어온 후 처음 갖는 우울한 느낌이었다.

그 밤 내내 잠을 이루지 못했다. 아까 보았던 장창이 허공을 난무하며 마구 가슴을 찔러 왔다. 인간에게 선계(仙界)란 무엇인가. 미몽에 불과한 것인가. 그것에 안주하려던 지난 몇 년이 하룻밤 꿈처럼 도막 났다. 다시 가슴 속으로 불길이 지펴 올랐다. 궁패들은 지금 어디에 계실까. 나처럼 미몽에 사로잡혀 어디선가 널브러져 있을까.

열미가 몸겨누웠다. 산에 들어오면 이렇게 인생 세간과의 분단의 고통을 겪는다고 텁석부리는 위로했다. 자기들도 수년이나 그런 뒤숭숭한 세월을 보내고서야 산속의 진수를 찾았다고 했다. 그게 바로 선계요, 도통(道通)의 경지로 들어가는 문이라고 했다. 그 뒤에는, 지금 자기들처럼 세상만사에 얽매이지 않는 자유자재가 찾아온다고 했다. 그러면서도 비장한 장창에 대해서는 끝내 말하지 않았다.

열미는 오래 누워 있지 않았다. 며칠 뒤 툭툭 털고 일어나 말없이 남정 옷으로 갈아입었다. 바랑을 둘러메고 지팡이를 들었다. 동아가 따라오든 말든 상관 않겠다는 결의가 묻어났다. 텁석부리는 열미의 가슴에서 활활 타오르는 불덩이를 보았다. 목숨보다도 뜨거운 것 같았다. 그것은 선계의 문 안에서도 결코 삭일 수 없는 것일지 몰랐다.

"개골산까지 길이 워낙 험한데 더구나 이 겨울에 여인네 혼자 갈 수 있겠소?"

텁석부리는 동아를 채근했다. 동아는 혼란스러웠다. 이 집이, 그 속에서의 나날이 헛껍데기였던가. 처음 봤을 때처럼 저세상에 불과했던 것일까. 앞으로 부닥칠 세상을 또 어떻게 감내해야 한단 말인가. 동아가 미적미적 따라나서지 않을 수 없었다. 열미의 발걸음에 속도가 붙었다. 산등성이를 두어 고개넘자 사람 사는 집들이 보였다. 이틀을 더 걸으니 교주 고을이 나왔고 멀리 푸른 구름 속에 머리를 감춘 금강산의 거룩한 설선(雪線)이 보였다.

가슴이 벅찼다. 이윽고 왔다. 바다를 굽어보는 개골산에 왔다. 검은 갯벌에 회색 바닷물이 고여 있던 궁홀산을 벗어나 몇 년이 걸려 왔다. 집채만 한 파도가 흰 포말로 으르렁댔다.

한 치 앞을 분간키 어려운 해무가 속세를 감추곤 한다는 한겨울 동해.

저 멀리 아련히 구름 뒤에 숨은 이름 모를 봉우리가 보였다. 돌부처 같기도, 범이나 곰 같기도, 또는 화살촉 같기도 한 바위들이 빈틈없이 봉우리를 옹위하고 있다. 아롱진 구름장 너머 옅은 하늘로 눈 부신 햇살이 날아가 꽂혔다.

적송 우거진 동령(冬嶺)은 차라리 안온해 보였다. 고갯마루에 올라서자 저 멀리 산봉에 걸린 폭포수가 무변의 겨울 해무(海霧)를 힘차게 이끌어 올렸다. 눈앞으로는 가지 꺾인 주목(朱木) 줄기들이 하늘을 향해 수천 년의 고원을 앙소(仰訴)하고 있었다.

열미는 그 자리에 꿇어앉았다. 비록 삼 년이나 늦어졌지만 저 안개 속에 자리 잡고 있을 궁무암을 무릎 꿇지 않고는 바라볼 수 없을 것 같아서였다.

저 안에 궁패들, 그 아무도 지금 저기 없다 한들 저곳을 지키지 않으면 모든 것이 허물어져 내릴 것만 같았다. 그래야 죽지 않을 수도 있을 것 같았다.

바위 허리를 돌고, 고사목 등걸을 잡아채며 숨결이 턱에 닿고 나서야 비로소 까치집마냥 얽은 산문이 나타났다. 산문을 지나자 생각보다 넓은 평평한 돌밭이 바위 틈서리 사이로 나 있었다. 돌밭을 지나 길을 꺾어 돌자 떡하고 버티고 있는 궁무암이 나타났다. 법당 뒤로 자그마한 집채가 세 동이나 더 눈에 띄었고, 퇴색한 단청 위의 기왓장엔 잡풀들이 메말라 있었다. 어딘가 모르게 강고한 영이 감돌았다. 얼마인지 모를 긴 시간 하늘바람을 이겨내며 암자는 저렇게 버티고 있는지도 몰랐다.

돌밭 뒤의 객승처는 고즈넉했다. 유 패두님이 저기 계실까. 아니면 누군가가 여태껏 계실까. 가슴이 뛰면서 자꾸 눈시울이 붉어 왔다. 암자 한켠의 객승처로 다가갔다. 신발 몇 켤레가 있다. 저쪽 세상을 열듯 떨리는 손으로 문고리를 당겼다. 그런데, 아, 계시다. 살아 계시다. 얼싸안았다. 울면서 다독였다. 유 패두님, 풍도 스님. 삼 년째 기다렸단다. 이 겨울이 나도록 오지 않으면 죽었다 치부하려 했단다. 열미는 부끄럽지만 고백했다. 깊은 산속에서 까무룩이 죽었었노라고. 죽음 속에서 저 남정을 받아들였다고. 동아가 열없게 허리를 굽혔다. 백년가약을 맺은 사정을 듣고 다들 고개를 끄덕였다.

그런데 아미가 안 보인다. 달려들어 얼싸안고 펑펑 울어도 시원찮을 얼굴 아니던가.

"아미는요…?"

열미는 떨리는 목소리로 물었다. 아무도 대답하지 못한다.

"왜요? 무슨 일이죠?"

열미가 다급히 다시 물었으나 역시 아무도 입을 열지 않는다. 열미의 눈이 유 패두에게로 향했다.

"우리가 많이 부족했다."

유 추군이 중얼거렸다.

"뭐가요?"

"신궁님께."

유 패두는 고개를 돌리고 말았다.

"예?"

열미는 무슨 사단이 있었음을 직감했다. 그러고 보니 무령 아장이 방안에 없는 걸 알아차렸다. 열미가 다시 유 패두에게 물었다.

"아장님은요?"

"자주 밖으로 나가 도신다."

"오긴 오셨군요. 다 오셨군요."

열미가 한숨 놓으며 이번에는 보리는 어디 있느냐고 물었다. 모두들 뜬금없는 표정을 지었다. 분명히 여기 어디, 절간이나 산속에 보리가 살 거라고, 보리가 죽은 자기를 일깨웠다고 절절이 하소했다. 풍도가 말했다. 보리가 잇태와 흔박의 시신을 지키더라고, 헤어질 때 사람처럼 눈물을 보이더라고, 보리는 결코 죽지 않았을 거라고.

　말구리재 산채를 기적적으로 탈출한 평무는 멀지 않은 곳에서 노길이라는 수부가 바위 벼랑 아래로 내던져지는 소리를 들었다. 빗줄기 속에 비안개마저 자욱했지만 누군가의 사지(死地)에로의 결별은 번개요 천둥 같은 충격이었다. 오금이 저렸고, 피딱지를 파고드는 빗줄기가 아리고 쓰렸다. 겨우 산등성이를 하나 넘고는 바위 서덜 틈에 쓰러져 하늘에 목숨을 맡겼다. 그런데 왜일까. 얼굴도 모르는 아버지가 떠올랐다. 그도 나처럼 허접한 존재로 소리 없이 사라졌을까. 어머니가 말하고 싶은 게 그거였을까.

　비가 멎고 다리를 질질 끌며 며칠 산속을 헤매다가 천행으로 사람 사는 마을을 만났다. 호터골 사람들은 몽병이나 고려 조정만큼 호환을 두려워하는 기색이어서 적이 안심이 되었다. 마을 외딴집에서 상처가 아물기를 기다렸다가 다시 길을 나섰다. 산속이지만 길은 여러 갈래였다. 묘향산을 거쳐 압록강에 이르는 길이 있는가 하면 낭림산을 넘어 개마고원으로 올라가는 길, 학고개를 넘어 동해로 나아가는 길도 있었다. 처음 목적지는 원나라 연도였다. 헌데 그곳에 가더라도 상호군 안견치의 마수를 벗어날 수 있을지는 장담하기 어려웠다. 자기의 출세길에 걸림돌이 된다면 나 하나쯤 처분해 버리는 건 식은 죽 먹기일 것이다. 순단을 그렇게 취급했으니까.

상호군의 눈발을 피할 곳은 아마도 이 깊은 산속이었다. 산속을 기웃거리다가 학고개라는 곳에 이르렀다. 고갯마루에서 사방으로 뻗어 나간 울울한 산봉우리의 대열이 내 한 몸 지켜주기엔 넉넉하다고 믿었다. 살둔말, 비록 서 발 막대 거칠 게 옹색했지만 지붕 물매가 얌전한 집을 찾아 염치없게도 행낭을 풀었다. 먼 길손이 드문 곳이라 주인 내외는 의아해하면서도 박절하게 굴지는 않았다. 그런데 이게 천생연분이라는 걸까, 그 집에는 과년한 딸이 하나 있었다. 산처녀는 금세, 비록 깊은 노독으로 몰골이 상해 있으나 그 속에 감추어진 평무의 준수한 외모를 알아보았다. 어디서 굴러온 떡인지 따지기도 싫었다. 곧 부부의 연을 맺었다. 평무도 내심 바라마지 않던 혼사였다.

산밭을 일구며 사냥도 했다. 아기가 태어났다. 사내아이였다. 산에서 태평하게 살라고 산놈이라고 이름 지었다. 그런데 주머니 속의 송곳이던가. 평무가 그토록 평범한 산속 남정이기를 열망했으나 그의 됨됨이가 자꾸 학고개를 넘어갔다. 평무는 설마 하면서도 불안한 세월을 지냈다.

산놈이가 어느덧 다섯 살이 되었다. 평무는 자못 안견치나 그의 수하 중모의 행적이 궁금했다. 설마하니 산속에 몸을 묻은 자기를 여태껏 노려보지는 않을 것 같았다. 산놈이가 제법 말을 재재불거리게 되자 이상하게도 아버지가 떠올랐고 홀어머니가 생각났다. 그리움도 아니고 애잔함도 아니었다. 그냥 머릿속을 지배하고 떠나지 않는 상념일 뿐이었다. 이게 천륜이라는 건가 싶었다.

평무가 행색을 꾸려 임진강 계곡을 타고 내려갔다. 개성 가까이에 사는 어머니는 내가 살아 있음을 얼마나 기꺼워하실까. 기대는 컸지만 어머니는 이미 저세상으로 가셨음을 알았다. 돌아가시기 전 수개월을 아무도 찾아오지 않는 빈집에서, 혀가 마르도록 누군가에게 욕설과 악담을 퍼붓더라고 이웃은 상호를 찡그렸다. 그렇게라도 이 땅의 울화를 푸셨으면 다행이다 싶었다. 서둘러 고향을 벗어나는데 수상한 낌새가 뒤를 밟고 있는 게 느껴졌다. 중모가 풀어놓은 끄나풀이 고향을 빈틈없이 옭아매 놓았음을 그 순간 알았다. 평무는 상호군의 집요한 마수에 질겁을 하면서 혼비백산 학고개를 향해 발걸음을 놀렸다. 이틀을 꼬박 걸어 집에 당도했다. 하지만 집안은 이미 절단나 있었다. 관군이 들이닥쳐 평무의 향방을 추궁했고 대답이 시원찮자 악랄하게도 산놈이를 인질로 잡아갔다. 평무는 부르르 온몸을 떨었다. 안견치와 중모의 술수를 어떻게든 격파해야 한다는 오기가 치솟았다. 산놈이가 붙들려 있는 신계 고을 관아로 달려갔다. 중모가 버티고 앉아 평무를 기다리고 있었다. 지난날의 연줄 따위는 다 부질없었다. 오로지 산놈이를 무사히 빼내오는 것만이 목숨보다 소중했다. 평무는 중모 앞에 무릎을 꿇었다. 그러자 그의 자신만만한 웃음과 함께 늘어놓았던 형구가 치워졌다. 산놈이가 풀려났고 평무는 옥뢰에 처박혀졌다. 개경으로부터 모종의 지시가 떨어지면 중모는 자기를 소리소문없이 땅속에 파묻을 것이다. 그리고 신계 고을, 학고개 마을까지 놈이 역적질을 해서 개경으로 압송됐다고 거짓말을 뿌릴 것이다.

　캄캄한 뇌옥에 들어앉아 잠들지 못하는 평무에게 뜻밖에도 아버지가 찾아왔다. 얼굴도 음색도 모르는 아버지. '아들

을 위해 목숨을 아까워 않으니 장하구나.' 아버지가 말씀하셨
다. 평무의 얼굴을 눈물이 타고 내렸다. 아버지, 아버지는 정
말 하늘이십니다. 평무가 흐느끼면서 입술을 비질거렸다.

미친 듯이 삭풍이 몰아치더니 때늦은 눈보라가 뒤따랐다.
천계도 하계도 보이지 않았다. 눈앞이 콱 막혀버렸다.

동아는 눈보라를 헤치며 궁무각 추녀 밑으로 들어섰다. 왠지
웃음기를 잃은 열미를 알려면 이 문을 열어젖히고 그 속을 들
여다봐야 할 것 같았다. 아니 그 안으로 들어가 천고의 신비를
간직했다는 그 활과 화살을 온기 있는 손으로 만져 보고 싶었
다. 열미가 힘주어 말했다. 궁패는 신궁을 기다리는 거룩한 존
재들이라고. 아미의 죽음을 듣지 못했느냐고. 그 지엄한 존재를
위해 목숨도 아까워 않을 수 있다고.

궁무암에 도착하고 나서 열미는 갖은 번뇌에 시달리는 것
같았다. 텁석부리 내외와의 삼 년이 한순간의 꿈이 아니었던
가 하는 눈치였다. 신궁에의 죄스러움을 어떻게 감내해야 할
지 괴로울 뿐이었다. 유 패두의 묘막에서, 가다가 지치면 또
말없이 사라질 거 아니냐며 눈물짓던 열미가 아니었다. 잇태

와 아미에의 인간적인 부끄러움, 삼 년을 허송했다는 궁패에의 죄스러움이 영혼에 응결되어 천근만근 부대끼는 그녀였다. 동아와 살을 부비며 염원하기에는 너무나도 탁월하고 압도적인 신궁의 존재 앞에 무엇을 불태워야 할지 잠 못 들어 했다. 해서 툭툭 갈라진 입술로 부부 연을 끊고 궁패로서의 오누이 사이로 거듭나자고 했다. 반편이 아닌 이상 그걸 어떻게 감내하느냐며 동아는 받아들이기 힘들어했다. 신궁이 아무리 지엄하기로서니 인륜을 하찮게 저버리는 존재는 아닐 거라며 열미를 달래보았다. 하지만 열미는 신궁을 위해서라면 외쪽으로 살아갈 수밖에 없음을 제 영혼에 다짐했다.

둘은 한 달도 못 되어 피차 남보다 못한 사이로 벌어지고 말았다. 궁패들이 안쓰럽게 지켜보는 기색이었으나 열미의 찬바람 이는 냉랭함에 누구도 화해시켜줄 엄두를 내지 못했다. 이대로라면 굳이 이 암자에서 썩은 짚단처럼 이단으로 처박힐 필요가 있을까. 번민하는 동아에게 열미는, 그게 바로 신궁에의 소망이 없다는 증표가 아니냐며 쏘아붙였다.

허허벌판에 서 있는 자신을 돌아봐 주는 사람이 없었다. 깊은 산속에서 밥 짓고 아이 낳고 살던 그녀는 지금 가고 없다. 어쩌면 우리가 낳은 아이와 함께 사라졌을지도 모를 일이다.

허각 속에 깃들었다는 궁시를 굳이 확인하고 싶은 것도 한낱 헛수고일지 모른다. 동아는 눈바람에 나부끼며 홀로 궁무암 돌길을 수없이 맴돌았다.

며칠 후 눈이 멎기를 기다렸다가 동아는 조용히 암자를 벗어났다. 사람 키보다 높은 눈밭에 겨울 햇살이 눈부셨다. 헛발을 디뎠다간 어느 나락에 파묻힐지 모를 험한 산길이었다. 산짐승도 파묻혀 죽는 일이 다반사라 했지만 뒤돌아보지 않았다. 아무도 자신을 붙들지 않을 것이다. 아무리 소리쳐, 여느 백성 사는 세상을 외쳐 부른대도 열미는 요지부동일 것이다.

이른 봄, 눈이 웬만큼 녹자 풍도는 산길을 트고 절을 내려가며 유심히 길섶을 살펴보았다. 동아가 살아서 용케 산을 빠져나갔다고 그는 생각했다.

12.

신궁(神弓)은 피를 먹고 날아간다

어쩐지 보리가 나타날 것 같았다. 깊은 밤 문밖에서 앞발로 땅을 긁으며 낑낑 소리 낼 것 같았다. 깊은 산속 텁석부리 내외와 살 때 바람처럼 스쳐 간 보리. 기다려 보기로 했다. 눈구덩이 속으로 사라진 동아에의 연민 따위는 없다. 추군과 풍도는, 열미를 쇠꼬챙이보다 강고한 여인이라고 생각했고, 무령은 아미의 죽음으로 인한 상처가 워낙 깊어서 그럴 거라면서 미안해했다.

금강에 봄이 왔다.

봄빛 속을 화살이 날아갔다. 이화우를 뚫기도 하고 명지바람을 가르기도 했다. 무령은 울면서 시위를 당겼고 열미는 애잔함에 떨면서 낙전을 주웠다. 유 추군은 통주·동주 고을에 넘실대는 바다 물결과 마식령 너머의 바람 소리를 꿈꾸며 과녁을 겨눴다. 풍도는 자주 산 아래로 내려가 양곡과 입성을 장만해 왔다.

봉래의 산그늘에 신선들이 노닐었다. 계곡 물소리가 마음의 때를 씻었다.

풍악의 핏빛 나뭇잎이 아미를 떠올리게 했다. 살갗을 찌르는 고추바람이 잠을 못 이루게 했다. 너럭바위 활터로 가서 시위를 당겼다. 먼 데에서 아미가 웃음을 그려 주었다.

다시 골짜기마다 눈이 내려 쌓였다. 뼈만 앙상한 산봉우리들이 하늘을 향해 소원을 고했다. 이제 신궁을 만나게 해달라고.

하지만 아무도 암자를 떠나자는 말을 꺼내지 못했다. 아미가, 아직은, 하고 붙드는 것 같았다.

구름이 흐르고 흘렀다.

아버지 왕과 아들 왕이 바뀌고, 서로 또 바꾸었다.

황음무도한 젊은 왕이 몽골 사람에게 포박되어 귀양 가다가 죽었다. 고려 백성들이 모두 기뻐하였다. 그 아들 여덟 살 먹은 아이가 왕위를 이었다. 고려국을 폐하여 원(元)의 성(省)으로 삼자고 고려 권신(權臣)이 황제에게 청하였다.

풍도 스님의 민머리에 서리가 내려앉았다. 눈썹이랑 수염도 백설로 눈부셨다. 때로는 원기가 떨어져 숨을 몰아쉴 때도 보였지만 궁패들을 안심시켰다.

"괜찮아, 괜찮아. 이제 겨우 고희를 갓 넘긴 걸. 김방경 상장군도 미수(米壽)를 누리지 않으셨나."

"방경보다 한 지지(地支) 더 사셔서 백수(白壽)에 이르셔야죠. 아니 두 지지, 세 지지 더…."

유 추군이 밝게 웃으며 말을 보탰다.

"패두 님도 마찬가지지. 어느덧 지명(知命)이 넘지 않았는가?"

"하지만 세월이 속절없지는 않습니다. 신궁이 우리를 지켜주실 테니까요."

유 추군은 지금껏 이십 세나 어린 자기를 성심으로 따르며

고락을 함께하는 풍도 스님이 그지없이 고마웠다. 필시 신궁을 알현하라는 계시가 아닐까. 풍도 스님보다 몇 살 아래인 무령 아장도 마찬가지였다. 점점 노쇠해지는 원기를 북돋우기 위해 밤낮 몸을 단련하는 무인다운 기질이 남달랐다. 물론 활을 내는 일에도 언제나 앞장섰다.

열미의 삼단 같던 머리채에도 새치가 늘고 이마엔 주름살이 잡혔다. 궁패의 안살림을 챙기면서도 신궁에의 염원은 누구보다 강고했다. 선소언니, 부모, 그리고 아미를 생각하면 숨이 넘어가기 전까지 매진해야 할 과보가 그것이었다. 그래서, 부부의 연으로 잠깐이나마 생사고락을 함께한 동아에게도 미련이 없다.

마식령 북쪽의 유병(遊兵)들이 관가를 겁박한다는 소문이 닿았다. 원나라와 여진족에 빌붙는 고려 호족들이 잠 못 이루는 밤을 맞는다고 했다. 바야흐로 신궁이 현신할 계제가 도래했는가. 우리 맥족(貊族)[6]을 버리지 않는 신궁. 언제나 우리 족속을 일깨우고 인도하는 신궁님. 무착의 선사(先師)도 그곳에서 신궁을 뵈었다고 하지 않았나.

6 고구려 족.

유 추군이 이윽고 궁패를 한 자리에 조용히 모았다.

"세월이 바람처럼 흘러갔군요. 중구미 펴짐이 밤이나 낮이나 한결같고, 죽머리에 근이 박혀 비가 오나 눈이 오나 흔들림이 없으니, 이제 산을 내려갑시다."

"어디로 가나요?"

"마식령을 넘어가 두류산이든, 낭림산이든, 산으로 들어가서 신궁을 찾아가기로 합시다."

모두들 숙연히 떠날 채비를 차렸다. 이제 또 몇 날 몇 달을 걸어야 할지 모른다. 짚신 감발을 다잡아 조이고 각자 바랑 속엔 도고지에서 시위를 푼 활과 살을 쟁였다.

정과 한이 산처럼 쌓인 암자였다. 활터 옆에 잠든 아미가 일어나 손짓했다. 풍도가 염불을 했고 무령이 눈을 감고 고개를 숙였다.

산문을 지나 가풀막길을 내리밟았다. 좌우로 빽빽한 바위 숲으로 무심한 햇살이 내리꽂혔다. 이제 제법 쉬운 내리받이 길이다. 그런데 저 앞 휘둠길에 사람 키만 한 석장을 짚으며 한 스님이 나타났다. 가까이 이르러보니 뜻밖에 무착이었다. 주름진 상호에 광대뼈가 꼬챙이처럼 돋아 보였다.

"못 가십니다."

얼토당토않게 그는 단호했다.

"그간 어디 계셨습니까?"

유 추군이 물었지만 그는 대답하지 않았다.

"올 때는 맘대로 왔지만 갈 때는 다릅니다. 이게 궁무암의 계율입니다."

"그런 게 어디 있소?"

풍도가 나서서 튕겼지만 무착은 무시하는 태였다.

"그럼 스님께서 허락하실 때까지 기다리라는 말씀인가요?"

유 추군이 성의를 다해 물었다.

"내 허락이 아니라 궁의 허락입니다."

"그걸 스님께서 알아듣습니까?"

"나를 따라 도로 올라가십시다."

무착이 궁패들을 무시한 채 앞장서 걸어나갔다. 무령이 잠시 뻘쭘했으나 서둘러 마음을 고쳐먹었다.

"나한테 원죄가 있으니 저자를 따라 죄를 씻고 싶네."

무령이 성큼 무착을 따르자 궁패들도 돌아서지 않을 수 없었다.

암자 너럭바위에 앉아 땀을 식히며 무착이 말했다.

"활은 피를 먹어야 춤추기도 하고 울기도 하니, 어쩌겠습니까?"

궁패들은 침을 꿀꺽 삼켰다.

"그녀들 중 누가 과녁 앞에 서겠소?"

말끝에 무착은 애잔한 한숨을 달았다.

"잘못 쏘면 아미처럼 또 불상사가 나지 않겠소?"

유 추군이 반발했다.

"그러니까 아직 멀었다는 거요. 그녀들 궁이, 신궁을 만나기에는 아직도 멀고 멀어요."

"잔인합니다."

유 추군이 말끝을 달아 언성을 높였다.

"활의 철리를 모르니 어찌 신궁을 입에 담을 수 있겠소. 그냥 마당이나 쓸면서 불공양하다가 구들더께로 스러지시오."

무착의 주름살에 절절하면서도 허허로운 빛이 떠돌았다.

"그럼 하나만 묻겠소. 그간 십 년 세월 어딜 다녀오셨소? 환속하셨었소?"

"마음에 집착이 생겼으니 어쩌겠소. 그건 그녀들이 불쑥 이 절에 들어와 질러놓은 불이니 그녀들도 나한테 떳떳하지는 못하오. 옛날 선사님께선 내 몰골을 보고 부디 집착을 끊으라며 법명을 주셨지만 내 마음이 불타오르는 걸 어쩌겠소? 더구나 그 처자가 피고름을 흘리고 죽어갈 임시엔 나 또한 죄책감에 죽고만 싶었다오."

"그건 나도 마찬가지요. 차라리 소신공양이라도 하고 싶었오."

무령이 무착에게 다가가서 그의 손을 지그시 잡았다. 무착의 광대뼈 위 퀭한 눈에서 뜻밖의 형형한 빛이 감돌았다.

"괴로운 불길이 활활 타는데 그 위에 적개심, 복수심이 난무하니 활이 어찌 춤을 추겠소. 그래서 만단을 무릅쓰고 내가 여기 이걸 가지고 왔소."

무착이 등에 메고 있던 바랑을 벗었다. 새삼 보니 그건 여느 바랑이 아니었다. 크기부터 훨씬 컸고 두꺼운 누비 무명 말기를 가죽으로 탄탄하게 돌려 꿰맨 것이었다. 그 안에서 그는 활짱과 시위를 끄집어냈다. 단 한 벌이었다.

"이것밖에 못 구했소. 이게 고원(高原) 깊은 밀림에 있는 궁방에서 만든 화살이요. 밖으로 반출되는 걸 극도로 꺼리는 거라오."

"개경 것보다 탁월합니까?"

무령과 추군이 두 눈을 반짝이며 물었다.

"이것에는 말하자면 혼이 깃들어 있어요. 그냥 각궁(角弓)이 아니라 주몽 폐하의 맥궁(貊弓)입니다."

"아, 맥궁…"

궁패들이 동시에 신음 같은 찬탄을 발했다.

"맥궁에서 명궁도 나오고 신궁도 출현하시는 법입니다. 정말 소중한 활님 아닙니까?"

무착이 여유롭게 웃음을 날렸다. 그리고 말없이 일어나 승방으로 들어갔다. 궁패들은 할 말을 잃었다. 서로의 얼굴을 훔쳐보기도 곤혹스러웠다. 지금까지의 행동거지가 주책없어 보였다. 이제 겨우 철이 드는 나이 같았다.

개경 거리가 보였다. 거리를 누비는 순마 군졸과 그 뒤에 으스대는 몽골 사람이 보였다. 궁채가 떠올랐고 잇태가 다가왔다. 보리가 꼬리를 흔들었다. 눈앞에 누워 잠든 아미의 웃는 얼굴이 보였다.

"허락하실 때까지 여기 있을 수밖에."

무령이 혼잣말로 어금니를 물었다.

"무착이 저 정도로 깊을 줄 미처 몰랐네."

풍도가 중얼거렸다.

"무착이 전도를 훤히 내다보는 거예요. 지금 마식령에 유병들이 모여들고 있다잖아요. 모든 것에는 천시(天時)가 있으니까요."

그들은 방으로 들어가 빙 둘러앉아 활을 맸다. 활채를 구부리고 시위를 걸었다. 살과 촉을 정성스레 다듬었다. 다 엮고 나서 북벽에 고이 모시고 세 번 큰절을 올렸다. 신궁이시여, 이제 우리에게 하강하시옵소서.

맥궁으로 습사를 했다. 돌아가면서 귀히 받들어 시위를 당겼다. 풍도는 중 신세에 나이 탓을 하면서 맥궁을 양보했다.

너럭바위로는 늦은 봄 햇살이 무심히 떨어져 내렸다. 그간 신궁을 만만히 보았던 게 우리 불찰이었다. 누구나 웃으며 과녁 앞에 섰고 누구나 가슴 떨림 없이 활을 내는 그 경지까지, 표적이 되는 것도, 표적을 뛰어넘는 것도 도달해야 한다. 과녁 판에 그렸던 매의 눈깔도, 몽골 병정의 얼굴도 모두 지웠다. 오로지 까만 한 점, 그것 하나만을 응시했다. 모든 것을 잊으려고 애썼다. 아미의 웃는 얼굴도 잊었다. 잇태도 보리도 잊었다. 무념무상. 구름도 없고 바람도 없다. 머리 위에 하늘도, 발밑에 땅도 없다. 그리고 달에 박힌 흑점도 지웠다. 궁홀산에서의 습사가 머리로만의 깨달음, 아픈 깨달음, 그래서 어설픈 깨달음이었다면 이건 진정 무념무상의 깨달음이 아닐 수 없었다.

과녁이 커진다. 손바닥만 해진다. 얼굴만 해진다. 보름달만큼 커진다.

다가온다. 이백 보 앞까지 온다. 백 보 앞이다. 열 발자국이
다. 코 앞이다. 손을 뻗으면 닿는다.

범아귀의 깍짓손을 놓는다. 아주 살며시 놓는다. 명중이다.
과녁의 정중앙에 화살이 꽂힌다.

어느 찰나에, 무슨 힘으로 시위를 당기고 놓았는지 기억나
지 않는다. 눈에는 명중한 살깃이 파르르 떨리는 것도 들어오
지 않는다.

옆에서 궁패들이 환하게 그러나 소리 없이 웃는다. 돌아가
며 쏘고 돌아가며 소리 없이 웃는다. 돌아가며 과녁 앞에 서
고, 돌아가며 쏘고, 돌아가며 소리 없이 웃음을 그린다.

"이제 사람을 앞세우고 쏴도 무심하겠지."

무령이 여유롭게 웃었다. 그리고 이었다.

"설혹 오중하여 내가 잘못된다 한들 마음에 두지 않겠지.
우린 모두 알고 있으니까."

풍도가 여유로운 웃음을 지었다. 다들 빙그레 웃었다.

이윽고 백일 뒤, 무착이 하산을 허락했다. 무슨 연고인지
그의 성성한 수염이 검붉게 물들었다. 주름진 얼굴에서 열적
고도 허허로운 기운이 흘렀다. 수염이 변하면 수한(壽限)이 진

다는데…, 풍도가 무착의 두 손을 잡으며 물었다.

"여기서 얼마나 더 버티실 것 같습니까?"

"왜요? 내 뒤를?"

"그렇소. 나는 궁패도 중하지만 궁무암도 그지없이 중히 여기게 됐소. 내 나이 이제 옹근 칠십에 달했으니 방에 주저앉은 병승(病僧)이 되어 궁패에게 짐이 되지 않을까 저어하는 바였는데 여기서 허각을 지키다 공(空)으로 돌아가고 싶소."

"그러면 내가 이름을 주리다. 무도(無棹), 어떻소?"

"저어갈 노가 없다는 뜻인가요?"

"인연 따라 흘러가겠지요. 가다가 발병이 나면 돌아오시오."

"그쯤이야 견뎌내야지요."

풍도가 두 손을 놓으며 빙그레 웃었다.

13.

나부끼는 유병(遊兵) 깃발

해변을 따라 북으로 올라갔다. 바다는 연일 앞을 막은 산줄기를 삼킬 듯 으르렁거렸다. 쪽배를 타고 고기잡이 나갔던 남정들이 돌아오지 않는다고 아낙들이 주저앉아 울었다. 들은 없고 길은 좁았다. 등주에 도착하자 사람들이 모두 삼엄해졌다. 이곳부터는 몽골 황실을 숭모하여 땅을 들어 황제에게 바친 조가(趙哥)와 탁가(卓哥)가 대를 이어 으스대는 곳이다. 고려 관병이 미치지 못하자 호적이 재빨리 따뜻한 남쪽을 찾아 떼로 몰려들었다. 그들과 말투가 뒤섞인

거리는 어수선했다.

다루하치 노밀아사는 세상 두려울 것이 없었다. 몽골병의 기만 살려두면 고려 백성들은 알아서 설설 기니까. 백두산 북쪽을 근원으로 하는 여진 놈들이 창검과 기마(騎馬)로 단련된 우락부락한 걸때로 고려족을 수탈하는 것쯤이야 눈감아 줘야한다. 고려족은 워낙 잘 단련돼 왔으니까. 자기네 관가에 바치는 부세에, 황제에게 바치는 공물, 게다가 시도 때도 없이 연경을 드나드는 왕의 행차비를 대느라 등골이 빠지다가 이곳으로 떠돌아 온 유민들 아닌가.

초가을 해질녘이라 제법 쌀쌀했다. 궁패들은 시끌벅적한 골목길을 뒤로하고 용구새가 반듯한 초가 객사를 찾아들었다. 마당에는 한 무더기 남정들이 앉아 객담을 늘어놓고 있었다. 보아하니 여진족이었다. 그들은 햇살이 내리비치는 양지쪽을 차지하고 있었는데 궁패들을 슬쩍슬쩍 곁눈질하며입을 닫았다가는 다시 큰소리로 떠들기를 계속했다. 궁패들이 음지쪽 멍석에 지친 몸을 내려놓고 요기를 시켰다. 주인이 객담으로 시끄러운 자들의 눈치를 살피더니 밥때가 이르다며 거절했다.

"우선 푹 좀 쉽시다. 때 거르는 게 어디 한두 번인가요?"

추군이 웃으며 패들을 다독였다. 풍도가 뒤꼍으로 돌아가 쥔여자에게 다가갔다. 샘에서 물을 긷던 그녀가 바가지를 내려놓고 풍도를 빤히 올려보았다.

"진짜 스님이심메?"

"금강산 장안사에서 왔어요."

짐짓 절 이름을 꾸며댔다.

"그런데 바랑에 그 물건은 무시기요?"

풍도는 찔끔했다. 동개와 시복을 눈치챘을 거였다. 비로소 여기가 병정들 세력 다툼이 비상한 국경이란 걸 절감했다. 대답을 머뭇거리는 풍도에게 쥔여자가 목소리를 죽여 다시 물었다.

"싸우러 온 게 아님메?"

"아니요. 누구하고 싸워요?"

풍도가 겨우 되물었다.

"그럼 사람을 찾으러 왔슴?"

"그렇소."

"왜 부득부득 기어드는지 모르겠스꼬망. 여기도 그만 못지 않슴메. 몽골병한테 욕 치르고 여진놈들한데 다 뺏겨도 어디 가서리 하소연할 데가 없소꼬망."

"마당에 있는 무리들도 그런 자들이요?"

쥔여자가 대답 대신 한 바가지 물을 뜨더니 꿀꺽꿀꺽 마셨다.

"나도 여길 접을 생각임메. 여긴 이제 몽골하고 여진 놈들 세상이 될 판 아잉가. 유병 잡는다고서리 몽골놈들 눈에 불 켜고 안 다님메."

"우린 오늘 하루만 여기 머물 테니 얼른 시장기나 면케 해 주시오."

풍도가 안마당으로 돌아왔다. 그새 여진 놈들은 자리를 떴 고 그쪽으로 옮겨 앉은 궁패들이 놈들이 먹던 상을 치우고 있 었다.

"이곳은 지금 살얼음판일세. 비상한 각오를 가져야겠어."

"여기 있던 놈들이 우리를 거들떠보다가 사라지는 꼴이 께 름칙하군."

"쥔여자를 잘 구슬러 이곳 사정을 속속들이 알아내는 것도 중합니다."

"여차하면 당장 여길 떠야 하네. 개죽음당하기 십상이니까. 쥔여자가 이미 우리가 지닌 활을 알아챘어요."

"쥔여자를 다독이는 게 급선무로군요."

열미가 슬며시 일어섰다. 부엌간으로 가 안을 기웃거리더니 쥔여자에게 다가갔다.

"아지미, 배가 고파서요. 아무거나 우선 요기할 걸 좀 주세요."

"에미나이가 있는 걸 보니 싸우러 온 거이 앙인 것 같고, 도대체 누굴 찾으러 왔스꼬마?"

"예, 제 부모가 여기 왔거든요."

열미는 얼른 거짓말을 꾸며댔다.

"흘러들어온 백성이 많슴메. 찾으러 왔다가서리 비명횡사항 게 많슴메."

"제 죽기 전 소원이 부모를 만나 뵙는 거랍니다. 오죽 고생이 심했으면 천 리 타향 이곳까지 먹고살려고 오셨겠어요."

열미는 자신도 모르게 거짓말이 늘어났으나, 불쑥 이것이 사실일 수도 있다는 생각이 들자 오르르 눈물이 배어났다. 쥔여자가 새삼 안심이 되는지 밥과 국을 서둘러 상 위에 올렸다. 열미가 다시 물었다.

"그런데 싸우러 온 게 탄로 나면 잡아가나요?"

"몽골이나 여진이나, 먼저 본 놈이 차지합꼬망. 언제나 불안해서리 등골이 오싹오싹 하지비. 그래서리 유병한테 많이 의지함메."

"유병이요? 그들은 어디에 있습니까?"

열미가 눈을 크게 뜨며 물었다. 순간 쥔여자가 주춤하는 기색이더니 목소리를 한껏 낮추었다.

"어디에 있는지 모르지비. 금세 나타났다 금세 사라짐메. 마식령 너머 산속에 있다고도 하고, 낭림산 기슭에 있다고도 하고, 황초령 너머 고원에는 대장이 있다고 하지비."

"아주머니가 본 적은 없군요?"

"아무도 못 봤음둥. 그렇지만 여기저기 있는 건 분명합꼬망. 그러니 몽골 다루하치, 여진 족장, 고려 천호(千戶)도 골머리를 썩임메."

쥔여자가 서둘러 밥상을 차리자 어디에서 나타났는지 웬 떠꺼머리 사내가 얼른 그것을 들고 궁패 앞으로 갔다.

"사람을 찾으려면 앞으로도 여러 날, 의주, 고원, 화주, 함주, 여의치 않으면 길주, 갑주까지 헤매야 할 테니 갈 길이 구만 리 아님둥? 어서 요기를 하구 힘들 내시구레."

떠꺼머리의 눈이 야릇하게 빛났다.

궁패들이 서둘러 밥을 먹었다. 찜찜한 구석이 한둘이 아니었다. 무령이 삽작 밖으로 나가 행인인 척 골목을 오가며 경계를 섰다. 여독에 지친 풍도가, 발병이 나면 되돌아오라는 무착의 말을 떠올리며 멍석에 허리를 뉘었다.

해가 떨어지고 봉놋방으로 들어갔다. 다행히 다른 행객들이 객사를 찾아들지는 않았지만 어쩐지 음습한 불안이 시시각각 몰려왔다.

"이럴 때가 아니요. 활을 맵시다."

추군이 바랑을 열고 활집을 꺼냈다.

중야가 되었을까. 불시에 싸아한 음풍이 일더니 망을 보던 무령이 급히 방문을 열었다.

"아무래도 심상치 않소. 여길 뜹시다."

그는 동개와 시복부터 챙겼다.

"사람을 찾으러 왔다고 호소하면 안 될까요?"

열미가 제안했으나 무령이 무질티고 서둘렀다. 풍도가 쑤시는 삭신을 겨우 일으키고 바랑을 걸머멨다.

"어디로요?"

열미가 물었으나 무령은 이미 문지방을 넘어가고 있었다. 놀랍게도 어느새 활을 꺼내 단단히 손아귀에 잡고 있었다. 머뭇거릴 틈이 없었다. 무령이 어둠 속에 몸을 웅크리고 삽작으로 다가가 활시위를 걸었다. 곧 짧은 비명과 함께 둔중한 것이 땅바닥에 처박히는 소리가 귀를 찔렀다. 궁패들은 신속하게 무령의 뒤에 붙어섰다. 무령이 다시 시위를 당겼다. 또 한 놈이 고꾸라졌다. 무령이 잽싸게 놈들의 가슴에 박힌 화살을 뽑고 뒷골목으로 돌아 나갔다. 옆 골목에서 여진 놈들의 다급한 외침과 함께 어지러운 발자국들이 몰려갔다. 궁패들이 야음을 방패 삼아 유령처럼 마을을 벗어났고 내를 하나 건넌 뒤 가파른 산비탈로 접어들었다. 비로소 살았다는 안도와 함께 거친 숨을 골랐다. 그런데 스님은? 추군의 금속성 외마디가 낮게 발등을 때렸다. 비로소 풍도가 미처 따라오지 못했음을 알았다.

"제가 가서 구해오리다."

추군이 일어섰다. 무령이 추군의 손목을 잡고 주저앉혔다.

"나도 그러고 싶소. 그게 도리지. 그러나 승산 없는 의리에 목숨을 걸기에는 우리가 너무 멀고 험한 길을 왔어요. 이제 눈앞에 신궁을 두고 어찌 경솔하겠소."

"저도 그렇게 생각합니다. 스님이 혹 그들에게 잡혔더라도 노승을 함부로 해하진 않을 겁니다. 부처님께 가호를 빌고 어서 마식령을 넘어갑시다. 유병을 만나야 합니다."

열미는 다부졌다. 무령도 추군도 뒷말이 없었다.

추위에 떨지 않으려고 밤이 새도록 걸었다. 아침 햇살이 떠오르고서야 바위 계곡 모퉁이에 겹겹이 쌓인 낙엽을 덮고 단잠을 잤다.

마식령의 울울한 봉우리가 아련히 눈에 들어왔다. 눈과 귀를 모두 열고 유병대의 기척을 더듬었다. 이튿날 다시 기슭과 계곡과 능선을 살폈다. 나무 열매를 따고 산토끼를 잡아 껍질을 벗겼다. 계곡물을 들이켰다.

유병대란 실체가 없는 헛소문 아닐까. 절박한 고려인이 만들어낸 허풍일지도 모른다. 서서히 지쳐가기 시작했다. 궁홀산처럼 여기 어디쯤 가림막이라도 대충 얽어 추위와 허기를 견뎌내는 수밖에 없다는 생각이 스물거렸다.

높은 봉우리에 얹힌 햇귀가 곧 추위와 어둠에 잠식될 찰나였다. 저기요! 열미의 짤막한 탄성이 추군과 무령의 귀청에 와 꽂혔다. 그들의 시선이 열미의 손가락이 가리키는 곳으로 날아갔다. 멀리 봉우리 사이로 시들어가는 햇살 속에 먼지처럼 희미한 빛 한 줄기가 가물거렸다. 분명 연기의 흔들림이었다. 궁패는 벌떡 일어섰다. 작은 봉우리를 두 개나 넘어야 했다. 그 새 어둠이 몰려왔다. 길도 없는 캄캄한 산속에서 먼지 같던 그 연기만이 살길이었다. 덤불에 막히고 가시에 찔렸다. 그런데 한순간 귓가에 와 닿는 예상치 못한 밤공기의 저항 앞에 궁패는 나무줄기 뒤로 몸을 숨겼다. 공기를 가르는 소리, 화살이 날아오는 소리였다. 궁패들은 동시에 활시위를 걸었다.

셋이 등을 맞대고 다시 소리가 날아오기를 기다렸다. 잠시 뒤 사람 말소리가 들렸다. 고려말이었다. 비로소 가슴을 쓸어내리고 말소리를 받았다.

"유병대를 찾아왔소."

"누가 보냈나?"

추군이 목성을 진중하게 가라앉혔다.

"우리가 제 발로 왔소. 싸우고 싶어서 왔소."

"믿을 수 없다. 무기를 버리고 엎드리라."

"여기 버렸소."

궁패는 활과 화살을 던지고 소리 나는 쪽으로 엎드렸다. 횃불에 불이 붙더니 장창을 든 너댓의 산사람이 다가왔다.

추군, 무령, 열미가 유병대에 들어갔다. 뇌창, 운검, 각궁으로 무장한 병대 안에서 그들은 활 공격을 하는 달궁대에 배치되었다. 삼십여 궁사들이 습사에 여념이 없었다. 맛뵈기로 사대에 오른 추군이 활시위를 당겼다. 과녁 앞에 열미가 방긋 웃으며 서 있었다. 과녁이 커지며 가까워졌다. 만작의 느낌도 없이 가볍게 깍짓손을 놓았다. 명중이었다.

"사람을 앞에 세우고 쏘다니!"

탄성이 오르며 병정들이 벌린 입을 다물지 못했다. 무령은 앉으며, 누우며, 걸으며 연속 세 발을 쏘았다. 한 찰나였고 여지없이 과녁을 뚫었다. 이번에는 열미가 사대에 서자, 여인이 어떤 활을 쏠까, 구경꾼이 된 병정들의 시선에 차라리 겁기가 서렸다. 열미가 차례로 세 발을 쏘았다. 한 발이 과녁을 꿰뚫었는데 두 발은 빗나가 허공으로 날아갔다. 병정들의 시선이 검어졌다. 곧 날아가던 새가 종이쪽처럼 떨어져 내렸다. 과녁 뒤 나뭇가지 속에서 다람쥐 한 마리가 사지를 파르르 떨었다.

"명궁이다, 아니 신궁이야."

"저 노인장이 신궁 아닐까?"

"아니지. 저 여궁사가 범상치 않아."

구경꾼이 된 그들이 저마다 외쳤다.

이때, 저쪽 나무줄기로 얽어놓은 집채에서 키가 우뚝 큰 사내가 성큼성큼 다가왔다. 사대 주변에 있던 병정들이 모두 잠잠해졌다. 사내의 뺨에는 지렁이 같은 칼자국이 돋아 있었으나 눈썹이 짙고 눈이 맑았다. 이 산속의 두령임에 틀림없었다.

"그대들은 하늘이 내신 분들이십니다. 천군만마를 얻은 거나 진배없습니다."

두령이 허리를 굽혔다. 추군도 마주 보며 머리를 숙였다. 그런데 이 얼굴은 왠지 초면이 아니다. 비록 콧날부터 턱밑까지, 칼자국이 험상궂지만 낯익은 얼굴이다. 추군은 잠시 눈을 감고 생각을 되새김해 보았다. 아, 맞다. 영락없는 그 군관, 평무다. 추군이 확신에 차 물었다.

"순마군 군관 아니시오?"

평무가 놀라며 추군을 뜯어보았다. 그리고 외쳤다.

"아, 직원 나리."

평무가 손을 덥석 잡았다. 둘러선 병정들이 옴싹도 않은 채 시선을 떼지 못했다. 열미가 평무 앞으로 한발 다가가 그를 쏘아보았다. 선소 언니를 연경으로 끌고 갔다는, 한때는 호위군 군관, 그가 왜 여기 있단 말인가. 눈앞으로 바짝 다가선 열미를 깨닫고 평무가 시선을 누그러뜨리며 다시 말했다.

"이분 여궁사도 진정 경지에 오르셨습니다."

열미는 차분하려 애썼지만 가슴 속에선 불길이 타올랐다. 공녀를 인솔했던 개경 군관, 언니의 방혼이 눈앞을 어른거렸다. 하지만 열미는 눈을 감아 버렸다. 뜨거운 회한이 가슴을 때렸다. 그것이 어찌 한낱 이 군관 탓이랴.

움막 안에는 창검과 궁시가 가지런히 쟁여져 있었다. 대충 얽었기 때문에 틈새로 하늘이 보였고 바람이 새어들었다.

"우리는 전초대(前哨隊)로서 언제 이동할지 모르니 모든 게 허술합니다. 하지만 우리 병대가 허술한 건 아닙니다."

평무가 나무토막 걸상에 앉으며 셋에게 좌정을 권했다.

"어떻게 유병에 들었소?"

추군이 물었다. 한참이나 말을 삭이더니 평무가 입을 열었다.

─다섯 살짜리 아들 대신 뇌옥에 갇힌 평무는 다음 날 자기를 처치하려는 중모 앞으로 끌려나갔다. 중모에게 물었다.

'내 아들 산놈이는 지금 어디 있느냐?'

'벌써 네놈 집에 가 있다.'

'나는 이왕 네 앞에서 죽어야 할 몸이다. 내 죽은 후에 아무것도 모르는 내 아들과 애어미에게는 손을 대지 않겠다고 약조해라. 그래야 나도 순순히 죽으마.'

'아버지로서의 결기가 참으로 가상쿠나. 내가 그것만큼은 지켜주마.'

중모가 으스스 웃더니 자리를 비켰다. 목 베는 날을 가려 집행하려는 의도일 것이다. 세상에서 가장 무서운 존재가 무엇인가. 야수, 산적, 귀신, 이런 해괴한 존재들인가. 아니다. 사람이다. 그런데 사람인 아버지는 그 고약한 사람들을 내 가

습 속에서 충분히 응징한다. 그날 밤에도 아버지는 찾아왔다. 어머니와 같은 말씀을 하셨다. 살아라, 어떻게든 살아라. 평무는 무언가 가슴을 치는 기운을 느꼈다. 선한 일을 선하게 이끌어 가시는 분, 아버지. 세상의 모든 아버지. 비로소 확연히 열리는 가슴 깊은 곳의 문을 스스로 보았다. 충일하는 활력이 용솟음쳤다. 아버지라는 존재가 가져둔 준 미만(彌漫)의 선물이었다. 탈출해야 했다. 아버지의 신성한 명령이었다. 마주친 옥졸의 칼을 받았다. 얼굴에 선혈이 낭자했다. 그러나 깊은 어둠 속으로 잠입하여, 인간을 뛰어넘는 힘으로 아버지의 명을 수행해 나갔다. 구봉산을 넘자 동계 땅 새 흙냄새가 끼쳐들었다. 아버지, 이 썩어빠진 고려를 뒤엎으라고 명령해 주소서. 그것이 이놈의 단 하나 살길이 되었습니다.

옥뢰에서 탈출한 평무는 산놈이가 있을 살둔말을 찾아가지 못했다. 산놈이는 이제 아버지 없는 인생길을 모질게 헤쳐 나가야 할 것이다. 가다가 그 어느 곡경(曲境)에선가 아버지를 그리워하며, 아버지의 뜻을 따르려 목숨을 걸 것이다. 지금 자기처럼. ─

평무가 잠시 침묵을 보이더니 여전히 불편한 기색인 열미에게로 시선을 옮겼다.

"내 기억이 맞다면 개경 진흙고개 너머에 살았지요?"

뜻밖이었다. 평무가 자신을 알아본 것이다. 열미는 대답도 못 하고 침만 꼴깍 삼켰다.

"내가 순단 얘기가 떠돌 무렵 하도 뒤숭숭해서 진흙고개 너머 선소에 집을 한번 찾아가 봤었어요. 그런데 빈집이더군요."

열미의 눈동자에 이슬이 맺히더니 또르륵 굴러내렸다.

"빈집이요?"

열미가 기어이 울음소리를 짜냈다.

"이게 우리 죄는 아닙니다."

평무가 열미의 설움을 어루만졌다. 아무도 그 뒷말을 잇지 못했다. 무거운 침묵이 흘렀다. 한참 뒤 열미가 침묵을 깼다.

"우리에겐, 단군으로부터 주몽으로, 단궁(檀弓)에서 맥궁(貊弓)으로, 번쩍이는 활이 있잖아요. 그 활로 만주 벌판을 차지하고 강대국으로 잘 살았잖아요."

열미의 눈이 새삼 반짝였다. 추군과 무령이 고개를 끄덕였고, 평무는 자못 감격에 겨운 표정을 지었다.

"우리 병대도 맥궁을 중시해요. 황초령 너머 깊은 고원지대에는 궁시방도 있어요. 거기서 만든 걸 여기까지 공급하지요."

"궁시방이요?"

추군과 무령이 깜짝 놀라 물었다.

"그럼요."

"와서 보니 우리 유병이 한갓 떠돌이 군대가 아니었구려."

추군과 무령은 감격했다. 열미가 입술을 깨물었다.

"우리는 신궁을 뵈러 가야 합니다. 신궁을 찾아 천 리를 멀다 않고 왔습니다."

"저도 신궁을 듣긴 했습니다. 우리가 뵙겠다고 해서 아무 때나 나타나는 분이 아니시라더군요. 스스로 홀연히 나타나신다고 했습니다. 전들 밤이든 낮이든, 풍우든 폭설이든, 백발백중한다는 신궁이 왜 그립지 않겠습니까. 우리는 지금 목숨밖에 남은 게 없습니다. 백두산이 무너지든 동해수가 메마르든, 하여튼 간절하면 오시겠지요."

평무는 허허로이 하늘을 바라보았다. 학고개 너머 산놈이가 생각났다. 탈옥 후 수년이 지났을 즈음 몰래 찾아들었으나 처자는 어디론가 옮겨간 뒤였다. 죽었는지 살았는지 모른다. 하지만 신궁이 출현하시면 꼭 찾아내고 말리라.

평무는 달궁대에 각별한 의미를 부여하고 있었다. 열악한 무기로써 기선을 잡으려면 근접전보다는 원격 타격이 긴요했다. 명사수 수십 명의 양병은 유병에게 사활이 걸린 과제였다. 활 못지않게 십여 접의 화살을 비축하는 것도 필요했다. 고원 깊숙한 곳의 궁시방에 각별한 관심을 갖지 않을 수 없었다.

달궁대에 추군 일행이 배속되자 사기가 하늘을 찔렀다. 이 제야 신궁이 나타나셨다고 모두들 머리를 조아렸다. 그중에 한 총각이 추군 앞으로 한 걸음 다가서서는 깊숙이 허리를 굽혔다. 뜯어보니 객줏집에서 밥상을 나르던, 눈빛이 강렬하던 그 떠꺼머리였다.

"신궁님, 어째 이제새 나타나셨슴메?"

그는 자못 경이로움에 눈빛을 떨었다.

"우린 신궁이 아니요."

추군이 외쳤지만 떠꺼머리는 아랑곳하지 않았다.

"숨기지 맙소꼬망. 바야흐로 때가 닥쳤지 앙임메? 신궁이 나태났다문 화주 일대 백성덜이 다 들고 일어나서리…"

"우리는 신궁님을 찾아왔을 뿐이요. 경거망동은 삼가 주세요."

열미가 나섰지만 소용없었다. 달궁대 궁수들이 일제히 소리 높여 외쳤다.

"신궁님 만세, 만만세ㅡ."

추군 일행은 곧 자기들의 지난번 활질이 마냥 설되었음을
깨달았다.

"신궁이 아닙니다. 제발 이러지들 마시오."

기어이 궁수들 앞에 무릎을 꿇지 않을 수 없었다. 그것이
죽음보다 소중한 신궁에의 도리였다.

궁수들의 표정이 싸아해지며 한발 물러섰으나 떠꺼머리가
다가와서 추군을 일으켜 세웠다.

"신궁님들이얘맬로 지발 이러지 맙소꼬망. 이제 우리 오만
찐고생얼 끝내 줍소꼬망."

"아닙니다. 우리는 신궁이 아니예요."

추군이 할 수 없이 언성을 높였다. 그제야 떠꺼머리가 한발
물러서서는 고개를 갸우뚱했다.

하늘에는 별떨기가 총총 빛났다. 차가운 산바람이 별빛을
흔들었다. 막사 토굴 앞에는 임시로 엮은 살평상에 지대장(支
隊長) 평무와 호위 병사 몇몇이 화톳불을 피워놓고, 불빛이 새
어나가지 않도록 각별 조심하는 기색으로 앉아 있었다.

"병사들이 다들 어디로 갔습니까?"

추군이 물었다.

"밤에는 마을로 내려갑니다."

"그러다가 몽병한테 들키지 않습니까?"

"우리만 아는 골짜기 벼랑길이 있습니다."

"몽골과 내통하는 병사는 없습니까?"

"가끔 있습니다. 하지만 쥐도새도 모르게 처분해 버립니다."

"그 떠꺼머리 총각은 어떤 잡니까?"

추군은 꿀꺽 침을 삼켰다.

"무슨 언짢은 일이라도 있었습니까?"

"아무래도 우리가 서툰 활질을 했나 봅니다. 활은 피를 먹고 날아가는데 그래서 항상 겸손하고 신중해야 했는데, 아까 낮에 병사들 앞에서 그걸 간과하고 말았습니다."

"그게 무슨 탈이라도 났습니까?"

"신궁님을 모독하고 말았습니다."

추군 일행은 가슴을 진정시키기 어려웠다.

"그래서 어찌해야 합니까?"

평무의 불길해 하는 눈이 커졌다.

"앞으로 우리를 그냥 지켜보기만 해 주십시오."

"그야 뭐 어렵겠소."

평무가 머리를 주억거렸다.

추군 일행은 흐르는 별빛 아래로 소리 없이 나아가 무릎을 꿇었다. 바람이 새카만 공기를 흔들었다. 어둠에 잠긴 이름 모를 산새들의 울음소리가 나뭇잎에 앉았다. 맥궁이시여, 용서하소서. 자비를 베푸소서. 추군과 열미, 무령은 평소 동개에 고이 모셔 두었만 하던, 하산을 허락하기 전 무착이 준 맥궁의 활짱을 우러르고 나란히 앉았다. 눈을 감고 호흡을 가다듬었다. 궁무암이 보였고 무착의 송곳 같은 광대뼈가 다가왔다. 얼마가 흘렀을까. 추군과 무령의 손등을 잡는 손길이 느껴졌다. 열미의 손이었다. 무언가가 끈적거렸다. 추군과 무령이 말없이 그 손을 응시했다. 자기 송곳니로 물어뜯은 손가락에서 선혈이 뚝뚝 떨어졌다. 열미가 그 정혈(精血)을 정성스레 활짱 줌통에 발랐다. 소리 없이 일어나 큰절을 올렸다.

며칠 후, 산에 들어온 병사 하나가, 지금 화주 일대에는 신궁 얘기가 파다하다고 전했다. 금강산 그늘 관동 이백 리 안 고려 백성들이 고무되어 낯빛이 바뀌었다고도 했다. 동시에 몽병들이 대대적으로 유병 색출에 나서는 바람에 집집마다 곡소리가 진동한다고 했고, 소문의 진원지로 의심받은 객주집이 불태워졌다고 했다. 쥔여자가 잡혀가고 그 아들 떠꺼머리가 목 매달렸다고도 했다.

맥궁을 미혹시킨 화가 가슴을 짓눌렀다. 신궁이 스러지는 환상이 스쳤다. 자책의 눈물이 쏟아졌다. 하지만 이미 엎질러진 물이었다. 몽병과 그에 빌붙은 여진 떼거리들이 이 산을 노려보기 시작했을 거였다. 매일 붙잡혀가 치도곤을 당하는 백성들이 늘어났고 그들로부터 필사적으로 도망친 백성들이 유병대에 합류하는 수효도 늘어났다.

유병이 머리를 쳐들자, 화주 일대가 들끓고 일촉즉발의 전운이 감돌았다. 영락없이 조·탁가의 가병(家兵)도 움직이기 시작했다. 개경 왕의 손이 미치지 못하는 이곳에서 유비(遊匪)의 준동은 두말 필요 없이 자신의 위엄과 재물에 살쾡이처럼 위협적이었다. 조·탁가는 마을 입구마다 검문소를 설치했다. 백성들이 대낮에도 문을 걸어 잠갔다. 거리는 한산했고 유병들도 잦아들었다. 평무가 밤낮 대원들과 교신을 취해봐도 조·탁가에게 다 걸려들었다. 게다가 이 동계 무력의 근간인 몽병도 시시각각 움직임이 달라지는 낌새였다. 이러다 유병이 산산히 흩어지는 거 아니냐는 우려가 팽배해졌다.

지대장 평무가 혼잣말로 중얼거렸다.

"몽골군 막사가 무슨 꿍꿍이를 가졌는지 알 수가 없어…. 지금 아시다시피 우리 대원들의 발이 다 묶였으니…."

이때, 선뜻 머리카락 성성한 무령 아장이 나섰다.

"싸움의 승리는 군사가 아니라 인심에 달렸는데 지금 우리는 걱정할 게 없습니다. 내가 나가서 염탐을 해 오겠습니다."

"아니 그 노체(老體)를 이끄시고 어딜?"

평무가 눈을 크게 뜨고 어려워했다.

"설사 나뭇잎 하나가 떨어진다 해도 무성한 숲에 손실이 있겠습니까? 더구나 노인이다 보니 적이 눈치채기도 쉽지 않을 겁니다."

"아니 되오. 결코 아장님을 보낼 수 없습니다."

평무가 극구 말렸다.

"싸움에서, 한 사람이 죽음을 각오하면 백 사람을 당한다고 하지 않습니까. 우리가 선제적으로 대처해야 우리 병정의 발길도 풀릴 겁니다. 나를 보내 주십시오. 나는 비록 죽더라도 사는 것과 같습니다."

무령이 평무의 대답도 듣지 않고 벌떡 일어섰다. 궁무암에서 한 송이 꽃처럼 신궁에게 바쳐진 아미가 손을 흔들었다. 언제 어디서고 운신(運身)이 다하면 신궁의 위엄 아래 한 줌 재로 불타기를 마음먹은 그였다. 지금 바야흐로 때가 이르지 않았는가. 이참에 그간 마음속 가시로 박혀 있던 풍도 스님의 향처도 알아내야지 싶었다. 혹 잘못되었다면 유골이라도 수습해야 했다.

추군은 황초령 너머 고원 깊은 궁시방으로 발걸음을 재촉했다. 신궁 출현의 민심이 들끓는 마당에 가만히 앉아 기다리는 게 염치없이 느껴졌다. 어서 신궁에의 헛소문을 일축하고, 유병 본진 또는 궁시방을 찾아 신궁의 존재를 확증하고 싶었다. 평무가, 지금 이 꼭지점에서 유병이 다시 집결한다면 몽장과 호적장을 타도하고 일로 북진하여 토문강을 돌파하리라는 유병대의 꿈을 설파하고 난 뒤였다. 열미는 설설 끓어오르는 가마솥 같은 뜨거움으로 가슴이 뛰었다. 추군이 그곳에서 필시 신궁을 뵙고, 이 허약한 족속 수탈받는 백성들을 살려내 달라고 빌고 빌었다.

14.

맥궁이 울었다, 고려가 울었다

몽골 게르는 바닷바람을 피하여 야트막한 산밑을 차지하고 있었다. 하늘을 떠받칠 듯 울울한 산봉우리가 게르 뒤편을 엄중하게 지켰다. 하늘에 별이 돋기 시작하면서 영내에 여기저기 화톳불이 피어올랐다.

대장 야율치는 요즘 부쩍 야간 경계를 닦달하기 시작했다. 고려 유비 놈들의 동태가 아무래도 심상치 않았다. 국경의 밤은 그간 잠잠하기만 했다. 황제 폐하의 성덕 앞에 여진족장 타타아루는 언뜻 보기에는 우람한 걸때가 위압적이지만 불알만 살살 긁어주면 어린애처럼 상대하기 쉬웠다. 게다가 개경 왕을 제 하수로 여기는 호족 조가와 탁가가 유비를 색출하려고 검문소를 설치했다니 얼마나 가상한 일인가.

어디서 흘러들었는지, 아니면 마을의 여염 백성이 위장을 하는 건지, 시도 때도 없이 출몰하는 유비놈들만 소탕하면 이 일대 동계(東界)에서는 내가 곧 왕 아닌가.

야율치는 곧 유비 소탕 작전을 짰다. 그러자면 우선 몽골 병대의 습진 훈련을 다잡아야 한다. 가파른 산을 돌파해야 하므로 체력을 길러야 한다. 말도 단련시켜 전장의 창검을 두려워하지 않게 해야 한다. 언감생심 그 누가 이 위대한 몽골 기병의 위용에 먹칠을 한단 말인가.

무령이 맨손으로, 호랑이를 잡으러 그 굴로 들어갔다. 연신 수염을 쓰다듬으며 마주칠 몽병놈들을 기다리고 있었다. 게르 곳곳 화톳불 주위로 병사들이 모여 두런두런 떠들고 있다. 정복자로서의 위용과 황제에의 충성심에, 언제나 자고자대한 놈들이다. 그런데 지금 저 두런거리는 말소리는 그렇지가 않다. 불만과 불평이 툭툭 튄다. 고려 유비놈들에게 잡혀 죽을지 모를 불안도 토로한다. 초계 병졸도 자리에 없다. 좀 더 가까이 이르러 놈들의 내색을 살펴야 하리. 무령이 불쑥 병영 안으로 발을 들여놓았다. 그 사품을 눈치챈 병사 하나가 얼굴을 돌려 꼬나보더니 뒷걸음을 놓으며 누구냐? 물었다. 무령이, 내가 유비가 있는 곳을 안다, 고 응대했다. 녀석들이 창을 꼬나쥐고 달려들었다. 무령은 동아가 들려주던, 봉주 몽골 병대에서 자주 썼다던, 상국 황병 만만세, 하고 외치고는 두 손을 번쩍 들어 보였다. 녀석들이 가까이 와서 무령의 얼굴을 뜯어보고 물었다.

"이 늙은 놈이 미쳤나?"

무령이 얻어들은 몽골말로는 그런 뜻이 분명했다.

"아니다. 고려 사람이다. 봉주 종전군에서 몇 해 있었다."

"그게 언젯적인데 지금 들먹이느냐?"

"나는 종전군 시절을 지금도 그리워한다."

"거참 괴이한 놈이로구나."

"하나만 묻고 가겠다. 내가 유비 놈들 은신처를 알려주겠다는데 왜 관심이 없는 거냐?"

"우린 유비와 싸우기 싫다. 유비는 고려 호족이나 여진족장이 상대할 거니까."

"유비가 무서운 거 아니냐?"

무령이 놈들의 정곡을 찔러봤다. 놈들의 안색이 순간 일그러지더니 한 놈이 별안간 소리치며 나섰다.

"암만 봐도 수상합니다. 요즘 항간에 신궁이니 뭐니, 우리 대원제국에 망조가 들었다느니 유언비어가 난무한데 이놈이 그 끄나풀일지 모르겠습니다. 놈을 대장한테 끌고 가야 합니다."

놈들에게 붙들린 무령의 팔이 순간 등 뒤로 꺾였다. 무령은 출입구 옆 나무기둥에 묶였다. 날이 밝으면 대장 야율치가 와서 신문할 거라 했다.

추위 때문인지 놈들은 밤새 술을 퍼먹었다. 야율치의 닦달질이 아니라면 저자에 떠도는 불량배 몰골과 다름없었다.

무령은 생각했다. 고려 유병은, 아니 궁패는, 세 부류의 적을 상대해야 한다. 군기가 빠졌다고는 하나 천하를 호령하는 원병(元兵), 이 틈을 이용해 이곳 패권을 거머쥐려는 호적 놈, 그런가 하면 고려 왕실조차 능멸하며 사익을 주워 삼키는 조·탁가 일당. 그들이 어떻게 나올지 모르겠으나 아마도 몽골병이 무너지면 나머지는 제풀에 겨워 주저앉을 게 뻔하다. 워낙 사대(事大)에 이골이 난 놈들이니까.

이튿날 야율치가 나타나서는 다짜고짜 무령을 처치해 버리라고 을러댔다. 무령은 야율치에게 하소연하는 척했다. 봉주 종전군 군사였음을 내세워 원나라를 위해 목숨 걸고 충성하고 있음을 거짓 고했다. 자기가 궁패를 이탈하여 이곳까지 제 발로 찾아온 것도 그 때문이라고 했다. 더욱이 비도(匪徒)들의 동태를 자기는 훤히 알고 있다고 힘주어 고변했다. 야율치가 즉결 처분을 잠시 유예하고 먹을 것을 내다 주라 명했다. 그리고, 신궁이니 뭐니 그 헛소리를 잘 안다는 조가의 군장을 불러오라고 명했다. 수상한 늙은이 하나를 붙잡았으니 와서 취조하라는 것이었다.

잠시 뒤, 말을 탄 군장 하나가 헐레벌떡 나타났다. 무령은 그 순간 소스라치게 놀라고 말았다. 말에서 내려 쏘아보는 얼굴은 뜻밖에도 십 년 전 궁무암에서 지내던 동아였다. 무령은 고개를 돌리고 말았다. 동아가 말에서 내려 무령 앞으로 다가와서 조용히 물었다.

"아직도 신궁을 기다리오?"

"자네가 어찌 조가 놈의 사병이 되었단 말인가?"

"궁패들이 신궁을 기다리는 거나, 내가 힘 있는 고려왕을 기다리는 거나 다 하늘을 도리질 치는 거 아니요?"

"그건 자네가 우리 궁맥을 몰라서 하는 소리야."

"아장님도 고려의 왕맥이 다한 걸 몰라서 하는 소립니다."

"아무리 그렇기로서니 어찌 백성 된 도리로서 반역의 무리에 들어갈 수 있단 말인가."

"끝내 신궁이 나타나지 않으면 궁패들도 어쩔 수 없이 반역의 무리로 낙인찍히는 겁니다."

동아가 허허로운 눈으로 무령을 잠시 노려보았다. 야율치가 다가와 물었다.

"저 노인이 신궁인가?"

"아닙니다. 쓰잘데없는 늙은입니다. 신궁은 본래부터 헛소립니다."

"그럼 저 비도를 어떻게 처결할까?"

"합하 마음대로 하십시오."

동아가 예를 표하고 훌쩍 말잔등으로 뛰어올랐다. 말발굽 소리가 요란하더니 금세 동아의 모습은 꿈결인 듯 사라졌다.

무령의 위장 잠입은 엉뚱하게도 동아로 인해 무참히 깨졌다. 그는 어둡고 습한 옥뢰로 끌려갔다. 몽병의 해이한 기강을 평태에게 알리지 못하는 게 한이었다. 무령은 나무 기둥에 묶였고, 피가 철철 흐른 뒤 고개가 툭 꺾여지고 말았다.

평무가 앞세워 준 안내원을 따라 추군은 발이 부르트도록 걸어 황초령을 넘었다. 그곳 민가에서 하룻밤을 묵은 뒤 다시 걸었다. 아득히 먼 발치께에서 황금빛 동녘 바다가 일렁였다. 왼 옆으로는 연이은 고봉 줄기가 저마다 키를 뽐내고 있었다. 금패령을 지나 후치령을 넘으니 갖가지 고산목(高山木)이 울울창창한 밀림이 나왔다. 앞장선 유병 초관은 이런 빽빽한 숲이 이백 리에 연하여 압록강 기슭까지 펼쳐있다고 했다. 밀림 사이로 깊게 파인 크고 작은 하천이 바윗돌을 굴러 내리느라 우렁차게 울부짖었다. 늦가을이지만 어느새 눈이 내려 쌓인 길을 하염없이 더듬어 나아갔다. 종일 걷고 나서야 다시 사방 고깔모자마냥 우뚝우뚝 솟아난 봉우리들 속으로 들어갔다. 짧은 해가 이미 사라진 터라 검고 어둡던 사위가 먹물이 되었다.

"오늘 여기서 한둔을 하오?"

전도가 막막하다 여긴 추군이 물었다.

"잠시 뒤 달이 돋을 겁니다. 그럼 다시 찾아가야 합니다. 이제 거의 다 왔습니다."

"거기에 지금 대장님이 머물러 계시오?"

"운이 좋으면 모르겠으나 여간해선 뵐 수 없습니다."

"연세가 얼마나 되셨소?"

"그걸 아는 사람도 없습니다."

"어서 뵙고 싶구려. 대장님은 신궁을 아실 테니까요."

"신궁을 만나 뵈었단 소린 아직 듣지 못했습니다."

"하지만 나는 신궁을 뵈어야 합니다."

추군이 긴 호흡으로 들뜬 마음을 정돈했다.

달이 솟아올랐다. 검은 먹물 위로 찬연한 달덩이에서 옥이 굴러내리듯 장엄한 기운이 쏟아져 내렸다. 눈이 부셔서 황홀합니다, 추군이 외쳤다. 궁홀산에서 밤마다 맞이하던 달님. 그 흑점에 이르고자 깍짓손이 닳도록 고행하던 나날. 얼핏 지금 맥궁 시위를 당기면 거기까지 능히 살이 날아오를 것만 같은 기상. 가슴이 벅찼다.

"가시지요."

초관이 다시 앞서 나가기 시작했다. 잠시 뒤 계곡이 나타났고 벼랑 아래로 떨어지는 폭포수가 신불 앞의 요령처럼 청량하게 숲을 흔들었다. 초관이 손을 들어 앞을 가리켰다. 다섯 개의 산봉이 달빛에 둥두렷이 드러났다.

"저기 셋째와 넷째 사이에 본진이 있습니다."

그가 두 손을 비틀어 모으더니 산새 소리 같은 휘파람을 연거푸 세 번 말아 올렸다. 폭포 소리와 함께 묘한 음색이 길게 날아갔다.

"폭포 때문에 잘 들리겠소?"

"그러니까 이 휘파람이 바로 우리 안전 신홉니다."

저쪽에서 곧 보일락말락 인광(燐光)이 일었는데 초관은 그걸 놓치지 않고 계곡물 속으로 발을 들여놨다. 달빛 어린 추수(秋水)가 오금장이를 찔러왔지만 차갑기보다는 눈부시게 영롱할 뿐이었다.

깊은 산에 범이 웅크리고 있듯, 집채보다 큰 바위 턱을 돌아 수십 계단 석계를 치오르자 이윽고 불빛이 새어 나오는 병영이 나타났다. 기다리고 있던 군사가 군호를 발하고는 초관을 맞아들였다.

"오시느라 고초가 많았습니다."

"늦은 시각에 송구합니다. 부지런히 오느라고 왔습니다만."

"대장님은 강녕하신가요?"

"여부가 있겠습니까"

"그럼 뵈올 수 있습니까?"

추군이 끼어들며 감격하여 물었다.

"아, 이걸 어쩌지요. 지금은 잠시 토문강에 나가계십니다. 그곳 병대를 수습하시려요."

본진 군사의 평범하기 짝이 없는 대답에 추군은 어리둥절
했다. 유병대장도 그저 일개 군복 입은 장수에 불과하단 말인
가. 그렇다면 무착의 선사가 뵈었다는 그 신궁은 어디에 계신
단 말인가.

"그런데 왜 오자마자 대장님을 물으시는 건가요?"

본진 군사가 의아해 물었다. 추군은 당황스러웠지만 되묻지
않을 수 없었다.

"혹시 신궁을 아십니까?"

"신궁…?"

그가 고개를 갸웃했다. 그리고 어디서 들어본 기억은 있소
만…, 했다.

추군은 낙담하지 않을 수 없었다. 신궁은 영원히 찾아뵐 수
없는 건가. 비기(碑記)에 적힌 그것이 한낱 옛날 어느 필가(筆
家)의 소담(笑談)거리였단 말인가. 그렇다면 이제 무엇을 어떻
게 추슬러야 한단 말인가. 쥐처럼 엎드려 한평생을 살 수는
없는 거 아닌가. 추군은 문득 제 몸을 지탱하기 어려웠다. 힘
이 풀린 다리를 문틀 나무 기둥에 의지해 겨우 버티려고 애썼
다. 초관과 본진 군사가 깜짝 놀라 추군을 부축하며 너무 먼

발걸음에 노독이 심했나 보다 하며 객사로 이끌었다.

잠이 오지 않았다. 궁패들의 얼굴이 하나하나 떠올랐다가는 사라졌다. 아미가 나타났고 풍도가 스러졌다. 무령은 어찌하고 있을까. 평무 옆에 남은 열미는 내가 신궁을 뵙고 오는 걸 꿈꾸고 있겠지. 창문을 열자 영롱한 달빛 속으로 까만 새들이 줄지어 하염없이 날아가고 있었다. 어디를 향해 저리도 정연하게 가는 걸까.

아침 일찍부터 사람들이 소리 없이 움직였다. 궁시방이 보였다. 노련한 궁사(弓師)들이 온 정성을 기울여 각궁을 매고 있었다. 모두들 말이 없었다. 송낙뿔을 자귀로 다듬고, 말린 쇠심줄을 온수로 녹였다. 대가지를 펴 화로에 굽고, 참나무를 도련칼로 오렸다. 소금에 절인 민어 부레를 말리고, 다시 물을 부어 끓이고…. 모두들 숙연했다. 그저 초롱초롱한 눈으로 휘고 펴고, 밀고 당기고, 깎고 붙일 뿐이었다.

"개경에서도 만들기 어려운 각궁(角弓)을 여기서 만들다니요."

추군이 놀라워 눈을 크게 떴다.

"좋은 사슴뿔이나 쇠뿔을 구하는 게 큰 난관이지요. 하지만 벽창우 뿔을 수습하는 데 공을 들이고 또 압록강 너머와 선이 닿아 있기도 해서 잘 해결하고 있습지요. 대나무는 금강산 아랫녘 바닷가에서 해풍 맞고 자란 생죽을 들여오고요. 활촉과 촉토리는 저기 보이는 불무에서 쇠를 녹여 깎고 있습니다."

궁시방 궁사(弓師)가 성의껏 설명했다. 저 말없이 영롱한 궁장들이라면 신궁을 들었을까. 아니 보았을까. 단궁(檀弓)을 쏘든, 각궁(角弓)을 쏘든 신궁은 어디 계시는가. 무착 스님도 끝내 뵙지 못했다는 신궁. 이 신령스런 영이 감도는 별천지라면 그 어디쯤에 신궁이 엄존해 계셔야 한다.

"혹 신궁에 대해 알고 계시오?"

기어이 묻고 말았다. 흠칫 놀란 궁사의 안색이 바뀌었다.

"함부로 발설할 수 없소."

"이 별천지에도 안 계시다면 영영 못 뵐 것 같아서요."

추군이 떨리는 음색으로 겨우 그의 표정을 더듬었다.

"나도 신궁이 있다고 믿어요. 그러니까 이렇게 혼을 바쳐 활을 만들겠지요."

허무했다. 마치 남의 말을 하듯 중얼거릴 뿐이었다.

추군은 토문강으로 유병대장을 찾아가기로 마음먹었다. 이왕에 내디딘 걸음, 며칠이 걸리더라도 대장을 직접 뵙고 신궁을 들어야 한다. 그것이 우리 궁패의 목숨이다.

인솔차 따라왔던 초관이 난감해했으나 추군의 의지를 꺾을 수 없었다. 추군이 북행길에 속도를 냈다.

때아닌 요성(妖星)이 밤하늘을 둘로 가르고 지나갔다. 땅이 온종일 산천을 흔들었다.

평무가 이윽고 개마고원 본대로부터 막중한 임무를 하달받았다. 신궁 소문으로 인해 화주 땅 고려 백성이 격동하는 바람에 몽골군이 비상하게 움직이는 상황에서 호적 타타아루의 본거지와 몽골병 군막을 선제적으로 기습하라는 것이었다. 열미가 추군의 귀대를 염두에 두고 잠시 유예를 청했지만 그를 기다릴 시간적 여유를 본대는 주지 않았다. 조·탁가가 마을마다 검문소에서 설쳐대지만 여진과 몽골이 무너지면 스스로 무릎을 꿇지 않을 수 없으리라 했다.

"오늘 하현달이 뜨는 시각 공격을 개시한다. 우리 달궁대는 몽골 장수 야율치가 묵는 와가(瓦家) 앞 야산에 매복하고, 나머지 돌격대는 세 패로 나누어 타타아루와 역적 조·탁가 놈, 그리고 몽병 막사를 동시에 공격한다. 화주 땅 백성들만 꽁꽁 묶어 놓으면 유병이 주저앉을 줄 알지만 그건 큰 오산이다. 낭림산·황초령 유병대가 이미 우리 곁에 이르러 매복해 있다. 전투가 벌어지면 득달같이 달려들 것이다. 놈들은 썩은 짚동처럼 힘없이 쓰러질 것이다. 겁먹지 말라. 우리는 이긴다."

해가 떨어졌다.

열미는 고이 모셔두었던, 무착이 건네준 맥궁을 숙명처럼 집어 들었다. 활이, 살아 있는 몸체처럼 손에 착 달라붙는 느낌이었다. 무착이 건네준 한 발의 화살도 전통에 고이 챙겼다.

평무의 지휘 아래 유병대는 그림자처럼 산을 벗어났다. 하현달이 먼 동녘에서 꿈틀거리기 시작했다. 관아보다 큰 야율치의 기와지붕이 엷어지는 어둠 속에서 졸음에 겨운 자태를 드러냈다. 이제 곧 달이 떠오를 것이다. 집채를 수비하는 병졸들이 총총걸음으로 연신 울 밖을 돌았다. 멀지 않은 곳에 유병대가 어둠에 묻혀 있는 걸 그들은 눈치채지 못한다. 유병들은 집채 뒤 언덕에서 불화살이 솟구치기를 숨죽이고 기다린다. 평무가 달궁대 열미에게 신호를 보냈다.

열미가 시위를 당겼다. 촉토리 솜뭉치에 불을 붙였다. 불화살이 살별처럼 길게 밤하늘을 가로질렀다. 동시에 와- 하는 돌격대의 함성이 터졌다. 달궁대가 일제히 시위를 장전했고 돌격대가 집채를 향해 달려들었다. 낌새를 눈치챈 와가 병사들이 뛰쳐 나왔다. 검날이 부딪치고 창끝이 튀었다. 적병들을 향해 화살이 날아갔다. 여기저기 짚동처럼 고꾸라지는 게 보였다.

열미의 손을 떠난 화살이 백발백중 적병의 심장을 뚫었다.

습격을 안 몽골군이 매복한 유병대의 거센 저항을 뚫고 저희 대장을 호위하러 달려들었다. 술기운에 녹아 가물가물 잠덧에 잠기던 야율치가 옆에 끼고 있던 애첩을 내동댕이치고 군장을 갖추었다. 마루로 나서면서 불같이 호령했다.

"유비놈들을 모두 처치하라! 이 기회에 놈들의 씨를 말려라! 대원 황제 폐하의 지엄한 분부시다!"

야율치가 칼을 빼 들고 봉당으로 내려서서는 허공을 향해 사정없이 휘둘렀다. 바람 가르는 소리가 눈꺼풀을 떨게 했다. 지근에서 호위하던 부장이 대문 밖으로 뛰어나갔다. 유병의 진입을 막고 있는 부하 군졸들을 독려했다. 몽병의 창검에 유병 선봉대 보졸 몇이 쓰러졌다.

몽군의 한 대형은 화살이 날아오는 언덕을 치달아 올라왔다. 달궁대의 활이 더욱 바빠졌다. 아, 그러나 열 접도 넘던 화살이 어느새 바닥났다. 전세는 금세 절망적으로 기울었다. 놈들이 턱밑까지 붙었다. 개죽음 직전이다. 유패두가 곁에 있었다면…. 숨이 턱에 닿는 열미는 일단 몸을 피해야 했다. 언덕 뒤 산등성이를 타고 뛰었다. 그러나 이미 모든 게 노출된 상황, 숨어들 곳도 없다. 활을 버리고 어느새 민가로 숨어드는 달궁대 궁수들이 보였다. 이렇게 끝나고 마는 것인가. 열미의 볼을 뜨거운 눈물이 타고내렸다. 신궁을 찾아 천 리를 달려온 그간의 꿈이 풍비박산이란 말인가. 민가에 스며들어 유병으로 위장하기는 낯간지러웠다. 선소언니가 떠올랐고 잇태가 손을 흔들었다. 아미의 해맑은 얼굴이 눈웃음을 지어 주었다. 몽군에 사로잡혀 욕을 당하느니 벼랑 아래로 몸을 던질 일이다.

열미가 바위를 타고 올랐다. 눈을 감고 이제 곧 만날 기쁜 얼굴들을 떠올렸다. 머리 위로 달빛이 쏟아져 내렸다. 흑점이 살아 있는 눈동자로 다가왔다. 그토록 염원하던 과녁이었다. 흑점이 점점 커지더니 열미를 통째로 덮어 버렸다. 그런데 소리가 들렸다. 심장이 뛰는 소리였다. 활이 춤추는 소리였다. 화살이 우는 소리였다. 달려오는 말발굽 소리였다. 열미는 소리 나는 쪽으로 얼굴을 돌렸다. 윤이 나는 잿빛 털이 달려오고 있었다. 늑대인가, 아니 분명 보리였다. 보리를 맞으려 한껏 팔을 벌렸다. 보리가 컹컹 짖더니 눈앞을 쏜살같이 스쳐갔다. 그 뒤를 따라 말이 달려오고 있었다. 백마였다. 백마 탄

흑발의 늠름한 체구가 바람처럼 열미 앞으로 오더니 맥궁을 던져 주었다. 아니 그 활이 열미 손에 잡혀졌다. 열미가 시위를 당겼다. 당기는지 놓는지 모를 만큼 가벼웠다. 살촉에 섬광이 스쳤다. 시위가 뜨겁게 달아올랐다. 열미는 살그머니 깍짓손을 놓았다. 화살이 시위를 떠났다. 달빛을 타고 유유히 날아갔다. 그 긴 여운이 한참이나 이어졌다. 달빛이 잠시 엷어졌다. 화살이 야율치의 와가 담장을 넘어갔다. 봉당에 서서 호령하던 야율치를 찾아갔다. 그리고 그의 목을 관통했다. 그의 목에서 맷줄 같은 피가 솟구쳤다. 두어 번 숨을 컥컥거리더니 허옇게 눈동자를 뒤집었다. 다시 긴 여운…. 고변을 눈치챈 부장들이 황급히 야율치에게 달려들었다. 그러나 그는 곧장 고개를 축 늘어뜨렸다.

쫓기던 유병진에서 함성이 일었고 그들은 돌아서서 야율치의 와가로 돌진했다. 호위하던 부하들이 허겁지겁 야율치를 에워쌌으나 그들도 곧 나동그라졌다. 유병이 닥치는 대로 적병을 쳤다. 전의를 상실한 적들이 도주하기 시작했다.

아, 신궁님 오셨군요! 열미가 주저앉아 펑펑 눈물을 쏟았다.

몽장이 죽자 그에게 등을 대고 있던 타타아루가 야밤에 말을 몰아 두만강 너머로 도망쳤다.

조가와 탁가가 벌거벗긴 채 저자거리로 내몰렸다.

"불 지핀 솥인 줄도 모르고 까마룩이 노닐던 놈들이구나."

평무가 조가와 탁가를 꾸짖었다.

피투성이가 된 동아가, 유병대 속에 있는 여궁사 열미를 뚫어지게 바라보았다. 그리고 말없이 깊이깊이 고개를 숙이더니 끝내 어깨를 떨며 울음을 끓여냈다. 회한도 연민도, 더욱이 읍소도 아니었다. 누구에게랄 것이 없는 한 많은 인생에의 북받침이었다.

열미는 울지 않았다. '부강한 나라에 태어났다면 이 내 몸 그대의 건즐(巾櫛)을 받들고 알콩달콩 살았을 것을…. 하지만 신궁을 뵈었으니 이제 여한이 없습니다.' 열미가 동아 앞을 스쳐 지나갔다. 곁눈질을 한번 주었을 뿐 그뿐이었다.

유병 본진으로부터 평무에게 전갈이 날아들었다. 이 승전은 실로 신궁님의 은덕이다. 이제 일로 북상하여 개마고원의 본진과 합류하라. 우리 맥족의 영역 확보를 위해 토문강 쪽으로 나아간다. 마을과 저자에서 뛰쳐나온 고려 장정들이 너나없이 평무 뒤를 따랐다. 두만강 너머를 향해 나아간다. 눈앞 무변 대해에 파도가 일고 저 멀리 천리 장도에 정진(征塵)이 하늘을 덮는다. 말 탄 병사 어깨에서 맥궁이 빛난다.

　연경의 황제가 분노로 치를 떨었다.

　─너희 유비가 우리 강역에 들어와 우리 역사(驛舍)를 파괴하고 변경의 백성들을 괴롭히므로 이는 우리 세조께서 천하를 통일할 때 너희 고려국에 베푼 성총을 깨부수는 짓이로다. 지금부터 떳떳한 법을 따라 삼가 조심하여 다시는 짐의 명을 어기지 말지어다. 만약 또 자행한다면 끓는 가마 속처럼 보복하리라.

　유병대장이 답했다.

　─황제여, 과욕을 거두시라. 백 년여, 그대들의 말발굽을 꺾고 바야흐로 고려가 깨어나는도다. 여기는 본래 맥족의 터전. 끓는 가마는 연도(燕都)에서나 입에 담으라.

맥궁(貊弓), 울다

펴 낸 날 2024년 9월 4일

지 은 이 전영학
펴 낸 이 이기성
기획편집 윤가영, 이지희, 서해주
표지디자인 윤가영
책임마케팅 강보현, 김성욱
펴 낸 곳 도서출판 생각나눔
출판등록 제 2018-000288호
주 소 경기도 고양시 덕양구 청초로 66, 덕은리버워크 B동 1708, 1709호
전 화 02-325-5100
팩 스 02-325-5101
홈페이지 www.생각나눔.kr
이 메 일 bookmain@think-book.com

• 책값은 표지 뒷면에 표기되어 있습니다.
  ISBN 979-11-7048-743-2(03810)